AF185637

AUTOR

Rolf Suter, geboren 1959 in Zürich/Schweiz, hat einen handwerklichen Beruf gewählt, den des Malers. Geschichte im Allgemeinen faszinierte ihn schon seit früherster Jugend, hauptsächlich die Geschichte der Germanenstämme und der Kelten – vor allem die der Nordgermanen, der Wikinger. Ihre Epoche, ihr Glauben und die Runen ziehen ihn noch jetzt in Bann.

Mit **Der Fluch der Draugr** legt er seinen Leser:innen einen neuen Roman vor.

Ein alter, schlimmer Fluch erwacht und überzieht das Land. Eine kleine Gemeinschaft löste ihn aus und wird von diesem Fluch verfolgt. Mit Hilfe eines unbekannten Bauern flüchten sie. Die Flucht gelingt. Doch nun beginnt eine gehetzte Flucht durch das Land vor dem Bösen. Mit Mühe und in letzter Minute erreichen sie den Ort woher sie kommen. Doch der Fluch erreicht sie auch dort und wütet. Er sucht die, die sie zu dazu gemacht hatte um die Schuldigen zu finden und an ihnen zu rächen.

DER FLUCH DER DRAUGR

von
ROLF SUTER

ELVEA

© 2021 Elvea Verlag / Rolf Suter

Herausgegeben von: Elvea Verlag
(www.elveaverlag.de)
Lektorat: Michael Lohmann
Satz & Layout: Uwe Köhl
ISBN 978-3-347-48072-8

Druck und Distribution im Auftrag des Autors:
tredition GmbH, Halenreie 40-44, 22359 Hamburg, Germany

Coverfoto: Vladimirs Poplavskis
Pixabay

Projektleitung

BOOKUNIT
www.bookunit.de

ᴅᴇʀ ꜰʟᴜᴄʜ

Die hölzerne Heugabel stach in das vor zwei Tagen ge-
schnittene, trockene Gras. Hob es hoch und warf es auf
den einachsigen Wagen. Wind wehte jeden Tag hier in
dieser Höhe, doch dieser kalte Windstoß hielt den Bauern
von seiner Arbeit ab und bewegte ihn, in dieselbe Richtung zu schauen. Es war nichts Außergewöhnliches zu
sehen, doch ihn beschlich ein ungutes Gefühl. Er griff an
seinen Gürtel, fasste nach seinem Horn und blies einige
Male hinein, wobei er seinen Blick über das hügelige Gelände schweifen ließ. Dann rief er laut drei Namen: Torfi,
Greta und Halveig. Griff die beiden Stangen des Wagens
und zog ihn zu seiner Hütte, um das frisch eingefahrene
Gras zu verstauen. Als er damit fertig war, trat er wieder
vor seine Hütte und blies erneut in sein Horn. Sein Hund
sah zu seinem Herrn auf. Der Bauer fuhr ihm über seinen
Kopf.

»Finngail, suche sie und bring sie zurück. Irgendwie,
glaube ich, gibt es keine gute Nacht.« Der Hund wedelte
mit seinem Schwanz, bellte kurz und hetzte davon. Der
Bauer ging um sein Haus und schloss die Fensterläden
an allen Fenstern und sicherte sie von innen. Trug eine
Menge von Brennholz hinein, obwohl es zu dieser Jahreszeit noch nicht nötig war. Die innere Unruhe wuchs zu-
nehmend.

Im Freien stellten sich seine Nackenhaare auf. Immer wieder sah er sich um, konnte aber keine ungewöhnliche Veränderung feststellen. Er begann wie jede Woche mit seinem Ritual. An speziellen Orten stellte er kleine Schalen mit Milch auf, die mit Honig versüßt war. An eine Felsenwand, etwas entfernt von seiner Hütte, legte er ein Stück Käse, wobei er mit seiner Speerspitze drei Mal an die steinerne Wand stieß. Als er Finngails Heulen hörte, eilte er schnell zurück und sah, wie sein Hund trottend neben Greta und Halveig zurückkam. Der Bauer erwartete sie schon und führte die beiden Kühe hinein.

»Nun fehlt nur noch Torfi. Suchen wir sie zusammen, Finngail. Los, gehen wir.« Er schloss die Tür und zog los. Der Hund schnupperte, gab eine Richtung vor und zeigte so seinem Herrn, wo Torfi war. Der rannte seinem Hund nach, als ihm leichter Nebel auffiel, der vom Tal heraufzog. Nebel zu dieser Jahreszeit?, fragte er. Weiter vorn blieb sein Hund stehen und bellte wild. Schnaufend erreichte er ihn und sah den Abhang hinunter. Er stützte sich auf seinen langen Speerschaft. Fünf Männer waren zu erkennen; einer führte an einem Strick Torfi, die sich immer wieder dagegen wehrte. Der Bauer rief zu den Männern hinunter.

»Lasst meine Kuh sofort frei. Sie ist mein Eigentum.« Verwundert über diese Stimme in dieser Einöde blieben alle stehen; Torfi konnte sich ihren Peinigern entziehen und mit schnellen Hufen eilte sie auf den Bauer zu. Sie muhte vor Freude, als sie den Mann erreicht hatte. Er beobachtete die Männer und rief ihnen zu: »Eilt euch. Der Nebel scheint euch zu folgen und aus ihm scheint mir nichts Gutes zu kommen. Auch dauert es nicht mehr lange, bis die Nacht hereinbricht. Macht schon. Eilt euch.«

Dieser Aufforderung widersetzte sich niemand der fünf. Der Bauer wartete auf sie und blickte die Neuankömmlinge ernst an. Schnell sah er, dass ein Mann gebunden war. Er zeigte mit dem Kopf auf ihn.

»Ein Gefangener?«

Ein Jüngling sagte: »Ja.«

Und ein anderer: »Wir suchten nach ihm und fanden ihn auch in der menschenleeren Abgeschiedenheit dieses Landes. Er ist ein Finne und wird bezichtigt, Unheil über unser Land gezaubert zu haben. Das weiß jeder.«

Der Junge sagte: »Mein Vater hat uns die Aufgabe gegeben, ihn einzufangen und zurückzubringen.«

Der Bauer nickte ungläubig. »Das Weitere können wir in meinem bescheidenen Haus besprechen.« Er sah sich nach dem warnenden Knurren seines Hundes um.

»In dieser Nacht scheint mir eine unglaubliche Teufelei im Gange zu sein. Gehen wir schnell zurück in meine Hütte.«

Einer der Männer sagte: »Was soll an diesem Nebel so ungewöhnlich sein? Nur Nebel.«

Der Bauer sah ihn nicht an. »In dieser Jahreszeit? Zwei Monate später, ja. Doch nicht jetzt. Wie dieser kalte Wind. Es passt nicht zusammen.«

»An dem ist sicher dieser Teufel schuld.« Er zeigte auf den Gefangenen. Der Jüngling wollte den Finnen schlagen. Doch der schwere Speerschaft hielt den Schlag zurück und der Bauer sagte: »Nicht hier. Ihr befindet euch auf meinem Land. Ich dulde keine Misshandlungen hier. Was mit ihm später geschieht, müsst ihr selbst entscheiden. Doch nicht hier.«

»Dein Land? Aber so wie ich weiß ist das auch das Land meines Vaters und von dir haben wir noch nichts erfahren.«

Der Bauer lachte kurz auf und sagte: »Das ist mir mehr als recht. Ich lebe hier allein und ohne jemandem Tribut zu zollen. Diese Zeiten sind für mich vorbei. Ich werde niemals mehr einem Mann oder König die Treue schwören. Niemals.«

Von vielen Seiten war feines Geräusch in der Luft zu hören. Wie von unzähligen Flügelschlägen. Man konnte Grashalme sich biegen sehen, obwohl niemand zu sehen war, der auf ihnen stand.

Der Bauer rief: »Lauf zurück, Torfi.« Sie machte einen Satz um sich und begann zu laufen, während auch alle anderen sahen, wie sich der noch an ihr hängende Strick anhob und wie durch Geisterhand geführt wurde. Finngail heulte und sah zu seinem Herrn. Die Männer sahen es auch und starrten verwundert darauf.

»Wir müssen so schnell es geht in meine Hütte und Schutz suchen«, brüllte der Bauer. Und wie zu sich sagte er: »Auch das uns verborgene Schattenvolk flüchtet vor dem Nebel.«

Der Junge hörte seine Worte und fragte: »Schattenvolk? Was meinst du damit?«

Der Bauer herrschte ihn an: »Keine Zeit, um Fragen zu stellen, Dummkopf. Schnell nun.« Und rannte so schnell er konnte in Richtung seines Hauses. Die anderen folgten ihm.

Aus der Felswand, vor dem der Bauer den Käse gelegt hatte, fielen Steine; ein schweres Knarren und Grollen war zu hören. Atemlos erreichten sie das kleine Haus und traten ein. Der Bauer schlug hinter ihnen die schwere Tür zu und versperrte sie mit zwei Eichenbalken. Schnaufend bot er seinen Gästen Platz: »Nun, wie ich hoffe, sind wir in Sicherheit. Doch das wird die Nacht zeigen.«

Er sah alle an und fragte: »Was wird ihm vorgeworfen.« Und zeigte auf den Gefangenen.

»Was hat er verbrochen?« Der Junge antwortete schnell.

»Er war bei uns als Gast am Hof. Doch kurz nach seiner Ankunft begann das Unheil. Es traten Missstände auf. Schlechte Ernte. Jungtiere, die ohne Grund starben. Wasser, das nicht mehr genießbar war; und die davon getrunken haben erlitten schwere Krankheiten, an denen sie dann starben. Kurz darauf war er nicht mehr aufzufinden. Er war geflüchtet.«

Der Bauer nickte ernst. »Das verstehe ich, doch nicht hier. In meinem Haus. Wir brauchen vielleicht jede Hand zur Verteidigung heute Nacht. Darum werde ich ihm die kurze Freiheit schenken.« Und schnitt seine Fesseln aus. Nickte ihm zu: »Unbekannter Finne. Du bleibst hier sitzen und wachst über das Feuer. Halte es hoch und was auch immer durch den Rauchabzug eintreten will, wirst du mit dieser Axt töten. Hast du mich verstanden?«

Der nickte. »Mein Name lautet Ahti, Herr.« Der Bauer sah ihn. »Ich bin nicht dein Herr. Was ich von dir erwarte, ist einfach und das weißt du bereits.«

Der Jüngling fragte: »Was geschah vorhin, als wir zu dir kamen? Ich konnte gut erkennen, wie sich Grashalme beugten, wie von Füßen heruntergedrückt. Doch waren keine Personen zu sehen.«

Ein anderer wollte wissen: »Ich sah wie sich der Strick, den ich der Kuh angelegt habe, anhob und wie durch Geisterhand geführt wurde. Doch dein Hund gab nie ein einziges Mal Laut. Er bellte nur den Abhang hinunter und knurrte gehässig. Dann auch die Felsbrocken, die aus der Wand fielen, obwohl die Erde nicht bebte.« Der Bauer, der seinen drei Kühen Futter reichte, steckte seine Heugabel in den Haufen und trat vor sie.

»Wer ihr seid, weiß ich nicht, was mir auch kein Problem bereitet. Es sind nur Namen. Dass ihr euch hierher verirrt habt, eher. Hat das mit Ahti zu tun?« Und sah ihn an.

Ahti, der den Blick spürte, drehte sich um: »Das glaube ich nicht. Ich kam in ihr Dorf, um sie vor einem unheimlichen Fluch zu warnen, doch der König wollte nichts davon wissen. Die Ernte, der Tod des Viehs und das ungenießbare Wasser habe ich nicht verursacht. Das ist der Fluch, vor dem ich warnen wollte.«

Ein Mann schlug hart mit der Hand auf die Tischplatte und sagte laut: »Du warst bei Helge. Ich habe dich selbst dorthin gebracht. Du warst der Einzige im Stall. Zwei Tage später lag sein ganzes Vieh tot im Stall.«

Ahti sah in giftig an und erwiderte.

»Du weißt genau, wo sein Hof liegt. Wie seine Weiden sind. Unmittelbar daneben steht ein Birkenwald und du selbst hast gesagt: ›Verfluchter Wald, und ich glaube, das Unheil kommt von dort.‹ Du weißt auch genau, was ich ihm riet, da du neben mir standest. Habe ich recht?«

Der Angesprochene nickte leicht und Ahti redete weiter: »Unheilvolles Land. Vielleicht liegen dort Tote, und wenn das stimmt, verlangen sie aus Zorn und Wut Wiedergutmachung. Das habe ich seinem Vater auch gesagt.«

Er zeigte auf den Jungen. »Doch der König tat es als Aberglauben ab und für mich war die Aufgabe erledigt. Ihr aber habt mich verfolgt und gefangen für etwas, das ich nicht verursacht habe. Dies ist euer Fluch, mit dem ihr euch selbst auseinandersetzen und nach Antworten suchen müsst, warum er euch befiel.«

Die Gemüter erhitzten sich, als der Bauer um Ruhe bat. Er setzte sich am Ende des Tisches hin und strich sich über seinen Bart.

»Um was für eine Bosheit sich es hier handelt, weiß ich nicht zu sagen. Mir scheint nur, es ist eine alte Geschichte und etwas will sich an euch rächen. Aus welchen Gründen auch immer. Was mir Kopfzerbrechen bereitet und mir eiskalt über den Rücken läuft: Auch das verborgene Volk scheint sich in Sicherheit vor dem Bösen zu bringen. Nur frage ich mich, was zieht das Unsägliche hierher?«

»Von was sprichst du da immer alter Mann?« Der Bauer sah ihn gefährlich böse an und flüsterte: »Hast du noch immer nichts verstanden, du Tölpel? Ich lebe seit vielen Jahren hier oben auf dieser Ebene ganz allein. Im Einverständnis mit dem Schattenvolk. Wir profitieren voneinander, auch wenn ich sie noch nie gesehen habe. Doch so etwas wie heute habe ich in all den Jahren noch nie gesehen noch erlebt. Ihr alle habt die Grashalme gesehen und den Strick. Die Elfen lieben Torfis Milch, die ich mit Honig versüße. Die Zwerge lieben den Käse, den ich von Gretas Milch herstelle. Sie wiederum schenken ihr das Salz, das sie zu sich nimmt und zu dem salzigen Käse führt ...«

Der Hund des Bauern erhob sich ohne ersichtlichen Grund, trottelte unsicher an den Wänden entlang und schnüffelte. Der Bauer beobachtete seinen Hund misstrauisch.

Eine jugendliche Stimme sagte: »Dann sind also alle Geschichten wahr, die man von diesen Völkern erzählt ... keine Märchen?«

Der Bauer wollte ihm Antwort geben, doch das aufstehende Fell seines Hundes Finngail ließ ihn verstummen; er legte seine Hand auf den Mund und deutete es auch seinen Gästen.

Zu Ahti flüsterte er: »Halte das Feuer in Gang und lass es nicht zu weit herunterbrennen.« Ahti nickte und warf zwei neue Scheite darauf. Noch etwas verunsicherte den Bauern: Seine drei Kühe blieben starr vor Angst mit großen Augen stehen. Das frische Gras vor ihnen schauten sie nicht an.

»Was geschieht hier?«, flüsterte der Bauer und sah in den Rauchabzug. Es war draußen schon dunkel und Nebelfetzen zogen vorbei.

»Zu dieser Jahreszeit sollte es noch nicht Nacht sein. Die Sonne sollte eigentlich diese Seite des Innenraums beleuchten.« Er zeigte darauf.

»Doch nun ist es so dunkel wie sonst erst Monate später. Wer noch etwas schlafen will sollte es jetzt tun. Später, so glaube ich, wird keiner von uns zu Schlaf kommen.« Die Männer sahen sich an, doch keiner wollte etwas darauf antworten; sie ließen sich von dieser Gespentigkeit anstecken. Schauten ungläubig zu allen Seiten. Sahen auf den aufgeregten Hund, der unaufhörlich an den Wänden entlanglief.

Die unheimliche Nacht

Finngail schnupperte und seine Ohren waren gespitzt, als wollte er unüblichen Geräuschen nachgehen. Doch es geschah nichts. Nur der unheimliche Wind. Dank des Feuers drang nur zwischendurch ein Hauch herein, der aber alle erschauern ließ.

Der Bauer sagte leise: »Dieser Geruch … wie modrige Erde.«

Der Mann, der seine Torfi geführt hatte, bestätigte seine Meinung: »Wie aus einem Grab.«

Der Bauer sah ihn lange und durchdringlich an, um ihm dann beizustimmen. Aber die Ruhe blieb und die erste Aufregung legte sich langsam.

Da sagte der Junge: »Hoffen wir, dass wir unbeschadet diesen Spuk überstehen und morgen heil in unser Dorf zurückkehren können.« Der Bauer nickte ihm freundlich zu, aber daran glaubte er bei Weitem nicht.

Der Mann, der Ahti gebunden hinter sich hergezogen hatte, sagte: »Ihr sprecht über verborgenes Volk und Zauber. Dies ist doch alles nur Humbug, um Kinder zu erschrecken. Ich für meinen Teil glaube gar nichts. Ich für meinen Teil habe nichts gesehen.«

»Nur aus einem Grund. Weil du es nicht zulässt. Für mich bist du ein Dummkopf.« Der Bauer fluchte. Der andere hingegen wollte erbost aufstehen, doch der Junge hielt ihn zurück.

»Bleib sitzen, Finn. Verzeih ihm, Bauer, und nun wäre es an der Zeit, um uns vorzustellen.« Der Bauer nickte, als der Junge begann.

»Der Hitzkopf neben mir ist Finn Hardarson. Daneben sitzt sein Bruder Sigurd. Auf der anderen Seite Bolgar Svenson. Er führte deine Kuh Torfi. Mein Name ist Arne Björnson. Sohn von Björn Herjulfson. Er ist König über das ganze Oppland. Mein Vater gab uns den Auftrag, diesen Hexer ...« Er zeigte auf Ahti. »... einzufangen und zurückzubringen.«

Der Bauer sah alle genau an und nickte dann. Finngail starrte gefährlich knurrend auf die Tür. Der Bauer versuchte, ihn zu beruhigen, doch alles nützte nichts. Das bewog ihn, Ahti einige Holzstücke zuzuwerfen und seinen schweren Speer zu fassen. Die letzten Worte verstummten und alle sahen, wie der Hund auf die Tür zuging. Langsam erhob sich der Bauer mit dem Speer in der Hand und schlich zur Tür. Legte sein Ohr daran und lauschte. Dann zog er sich erschrocken zurück und bedeutete den anderen, nicht mehr zu sprechen.

Kurz darauf setzte ein Druck auf die Tür ein. Das Holz begann zu knarren, doch die beiden Eichenbalken hielten. Finngail begann zu heulen wie ein Wolf. Die drei Kühe standen stumm und eng beieinander mit weit aufgerissenen Augen. Da waren auch rund ums Haus Geräusche zu hören. Fensterläden knarrten, als wollten sie aufgezogen werden. Dann trat erneut und unerwartet wieder Ruhe ein. Minuten später erholte sich auch Finngail wieder. Blieb aber angespannt liegen.

Bolgar sah zu dem Hund und sagte: »Ein ungewöhnlicher Hund, den du besitzt.« Der Bauer nickte und sagte: »Eine Mischung eines irischen Hirtenhundes und einem Wolf, wie ich glaube.«

»Ja. Könnte sein, erkennt man an seinem Heulen. Aber diese Hunde aus diesem Land sind an den Schultern höher. Er ist kleiner, aber der Körperbau breiter und die Muskeln straffer und ausgeprägter.«

Der Bauer schmunzelte leicht und sagte: »Gut beobachtet, Bolgar. Ich erwarb seine Mutter auf der Insel. Als sie hier war, streunte sie tagelang umher und trächtig kam sie dann zurück. Das ist ihr Sohn. Ich habe ihn Finngail getauft.«

Bolgar schmunzelte und nickte freudig.

Plötzlich brach aus heiterem Himmel ein Terror sondergleichen aus. Die Tür wurde attackiert. Ein Drücken und ein Reißen an ihr. Rufe von außen, die das Blut in den Adern gefrieren ließ. Auch an den Seitenwänden waren die Geräusche zu hören. Unsichtbare Hände drückten dagegen und ersuchten Einlass. Der Bauer sah zu Ahti. Er erwiderte seinen Blick und wusste genau, was der Bauer wollte. Behutsam legte er weitere Holzscheite auf und ließ so die Flammen höher schlagen.

Doch der Terror ließ nicht nach. Unaufhörlich war ein Trommeln gegen die dicken Holzbretter zu hören. Finngail riss seinen Kopf nach oben und beobachtete das Dach. Der Bauer wusste genau: Einlass gab es nur durch den Rauchabzug auf dem First. Sein Speer stoßbereit, erwartete er den Eindringling. Da war auch schon eine Hand zu erkennen. Kurz darauf schnellte ein Arm herunter und versuchte, nach jemandem zu greifen. Ahti sah es kommen und schlug mit der langstieligen Axt zu. Der Arm fiel abgetrennt zu Boden. Der Bauer stieß mit seiner Speerspitze zu und hob sie leicht hoch. Angewidert davon und mit einem Fluch stieß er den Arm in die heiße Glut. Erst jetzt wurden Klagelaute vom Dach hörbar. Unterdrückte Schmerzensschreie und ein Rumpeln von oben. Darauf herrschte wieder Stille.

Der Bauer sagte zu Ahti: »Mir ist es egal, ob du ein Zauberer bist oder nicht. Aber wenn du wirklich ein Zauberer sein solltest, wäre es angebracht, einen Schutzzauber jetzt auszubringen.«

Ahti sah den Bauern nur an und setzte sich ans Feuer und stimmte einen leichten Gesang an. Der gefiel Finn Hardarson in keiner Weise; fluchend erhob er sich und wollte Ahti erneut binden. Dieses Vorhaben verhinderte das scharfe, breite Speerblatt, das blitzschnell an seiner Kehle lag. Der Bauer verneinte mit einer Kopfbewegung: »Lass es, Finn. Ich werde es nicht zulassen. Nicht hier und jetzt. Wir brauchen in dieser Nacht jede helfende Hand gegen diesen Gegner.«

Ahti spuckte vor Finn auf den Boden und zeigte so seine Verachtung.

Arne erhob sich ebenfalls und sagte mit seiner jugendlichen Stimme: »Der Bauer hat recht. Wir sollten diese Nacht zusammenhalten und gemeinsam gegen diesen unheimlichen Feind kämpfen und uns nicht in interne Grabenkämpfe verwickeln.«

Bolgar nickte, Sigurd auch, Finns Bruder. Der Bauer nickte und forderte Ahti auf weiterzusingen, was der auch sogleich tat. Finn setzte sich wieder, doch seine Mimik verriet alles: seine Unzufriedenheit.

Erneut waren wieder unverständliche Worte und Gemurmel zu vernehmen, die von außen zu hören waren.

Danach begann es erneut. Zuerst vorsichtiges Zerren an den Fensterläden. Auch vorsichtiges Ziehen an den Brettern der Außenwände. Wütendes Gelaber, dann schien eine unheimliche, unsichtbare Wesenheit bis ins Innere des Hauses zu dringen.

Dann wieder unsägliche Ruhe. Der Rauch zog ruhig durch den Abzug am Dach ab. Nur der Wind war leicht zu hören. Der Bauer sah sich um und beobachtete seinen Hund. Finngail lief an den Wänden entlang, aber kein Anzeichen von Anspannung. Das nutzte er aus.

Der Bauer hob seine Schlafstatt an. Entfernte die Bretter darunter und zog ein dickes Fell heraus. Vorsichtig legte er es auf den Tisch und rollte es auf. Zum Vorschein kamen: ein gut gearbeitetes und dicht gewobenes Kettenhemd, ein dicker, breiter Waffengürtel mit Ösen daran, an dem ein Schwert und die Sax befestigt waren. Der Bauer stellte seinen Speer zur Seite und zog sich das dichtgewobene eiserne Schutzhemd über. Wortlos schnallte er den breiten Gürtel um. Zog sein Schwert und sah es sich genau unter dem leuchtenden Feuerschein an, seine Sax auch. Er nickte zufrieden. Die Reisenden sahen ihm dabei zu.

Dann sagte Finn verächtlich: »Es handelt sich sicher um Raubbeute, die er von Leuten wie uns abgenommen hatte. Er blendet uns nur und der Finne hilft ihm dabei.« Er polterte. Arne versuchte zu schlichten, doch erst Bolgar brachte ihn zu Vernunft und zur Ruhe.

»Schweig nun, Finn. Ich glaube dir nicht. Dieses Rätsel lösen wir später.« Finn war damit nicht zufrieden, ließ es aber auf sich beruhen. Der Bauer sah Finn streng an und sagte: »Vor diesem Leben führte ich ein anderes, Finn. Woher mein Hund kommt? Dies habe ich schon erklärt. Du hörst einfach nicht richtig zu oder nur das, was du hören willst. Überlege meine Worte. Aber für mich bist du und bleibst du ein Schwachkopf und ein Tölpel dazu.«

Finns Kopf färbte sich blutrot vor Wut und langsam erhob er sich, während er sein Schwert zog. Arne versuchte einzugreifen, doch der Bauer lehnte ab.

»Lass ihn! Er soll es versuchen.« Sigurd erhob sich ebenfalls und versuchte, seinen Bruder zur Vernunft zu bringen, doch er wehrte alle ab.

»Ich fordere dich für diese Beleidigung heraus.«

Doch dazu kam es nicht. Von allen Seiten waren Poltern an den Holzwänden und wütende Verwünschungen zu hören. Man spürte, dass etwas ins Innere des Hauses wollte.

Warum … das wusste niemanden zu dieser Zeit. Finngails Haare standen vom Körper ab. Er heulte wild und verzog sich unter den Tisch.

Der Bauer sah dem Schauspiel zu und flüsterte: »So was habe ich bei ihm noch nie erlebt. Was für eine Abscheulichkeit will hier hinein?«

Alle sahen sich erneut verängstigt um. Ahti warf ein Holzscheit nach dem anderen ins Feuer und sang seine Lieder immer lauter. Angstschweiß drückte dem Bauern aus der Haut; er fluchte und sah sich zu allen Seiten um. Ausnahmslos standen alle mit gezogenen Waffen kampfbereit da: sich vorsichtig bewegend, alles beobachtend, um sofort handeln zu können. Dicke Holzbretter gaben nach und wölbten sich gefährlich nach innen. Auch auf dem Dach waren erneut Tritte und Geräusche zu vernehmen, doch die hohen Flammen und die Hitze ließen das Unbekannte zögern.

Doch es geschah. Ein dickes Brett knarrte und gab dem Druck nach und brach. Der Bauer packte seinen Speer und hielt ihn in die gleißende Glut. Genau beobachtend was nun geschah wartete er ab. Da zwängte sich zuerst eine Hand durch die Lücke und zerrte am Brett und riss es zurück. Darauf zwängte sich der ganze Arm durch die Lücke. Da riss der Bauer die heiße Speerspitze aus der Glut und stieß sie in das stinkende schwarze Fleisch bis ins Holz. Der Arm versuchte sich loszureißen. Doch Ahti reagierte schnell und hackte ihn ab; der Arm hing nun wie angenagelt an der Innenwand und verbreitete schlechten Geruch. Der Stumpf zog sich sofort zurück. Und draußen war ein Jammern zu vernehmen. Schnell zog er den Speer aus dem aufgespießten Arm und mit Ahtis Hilfe und seiner Axt, der ihn von der Speerklinge abschlug, fiel der Arm ins lodernde Feuer.

Dann überschlugen sich die Ereignisse. Es trommelte zu allen Seiten wie wild. Holz knarrte und knackte. An einigen Stellen war ein Bersten zu hören und Arme griffen hinein, um nach uns zu fassen. Kalter Stahl schlug zu und trennte Gliedmaßen vom Körper, die nun zu Boden fielen. Wilde unverstandene Worte und Klagerufe waren zu hören, doch der Druck hielt an. Ein Trommelfeuer von Schlägen war überall, zu allen Seiten zu hören. Das unbekannte Grauen versuchte es erneut, einen Weg ins Innere zu finden. Der Versuch begann übers Dach. Von allen Seiten waren Tritte auf dem Dach zu hören. Leise Tritte, doch die Dachbalken verrieten ihren Weg.

»Hält das Dach?« Arne flüsterte. Der Bauer nickte.

»Im Winter liegen bis zwei Meter Schnee darauf. Keine Bange.«

Die drei Kühe blieben eng zusammen und ihre Augen verrieten ihre Angst. Wie auf ein Zeichen trat eine unheimliche Stille ein. Eine Stille, die kaum auszuhalten war. Nur der Wind war zu hören. Alle im Innenraum sahen panisch um sich. Es geschah nichts. Nur der Wind und das Knistern der Holzscheite. Ahti sah in den Rauchabzug und tastete nach der Axt. Der Bauer sah es und trat nahe zu ihm.

21

»Was spürst du?« Er sagte nichts und verwies auf den Rauchabzug. Feiner Staub sickerte vom Dach. Der Bauer fasste seinen Speer und beobachtete stoßbereit das Dach …

… als wie ein Paukenschlag der Albtraum wieder begann. Viele Arme griffen hinein und versuchten, nach allen zu greifen. Ein Speer stach zu. Axt und Schwerter schlugen nach den Gliedmaßen. Hackten nach ihnen. Doch das schwarze Fleisch war zäh und kaum zu vernichten.

Außer den Flammen. Sie verzehrten das Unnatürliche. Plötzlich ein Schrei. Ein Arm griff nach Arne. Fasste ihn am Umhang, nahe am Nacken und versuchte, ihn hochzuziehen. Entsetzt sahen alle zu Arne. Ahti zögerte nicht und schlug mit Wucht auf den Arm. Bolgars scharfe Schwert schlug in dieselbe Wunde und vollendete Ahtis Werk. Arne fiel wieder zu Boden, doch der Arm war noch immer in seinem Umhang verkrallt. Arne riss seinen Umhang von sich und warf ihn ins Feuer. Die Flammen dankten es mit hellem Auflodern. Der Angriff war damit vorbei.

Das hieß: vorbei in den folgenden Minuten. Alle kamen wieder zu Luft und der Puls senkte sich.

»Noch etwa drei Stunden und die Nacht wird vorbei sein. Das erste Licht sollte sich dann wieder zeigen, wenn wir überleben.« Sagte der Bauer. Bolgar sah ihn an und wusste, was der Bauer damit meinte. Er nickte.

»Nun einfach nicht schlafen.« Der Bauer nickte und sah den Jungen an.

»Warum griff der Arm nach dir, junger Arne. Das frage ich mich. Obwohl er jeden von uns hätte fassen können.« Finn lachte verächtlich und winkte ab.

»Nach meiner Meinung sollten wir die Übeltäter stellen, und zwar vor dem Haus und sie niedermachen.« Sein Bruder unterstützte ihn und gab ihm recht.

»Ja, Bruder. Ich stehe dir zur Seite.« Der Bauer stand auf seinem Speer gestützt und hörte ihnen zu.

Dann sagte er nüchtern: »Wenn ihr das tun wollt, macht es ruhig, aber ohne meine Hilfe. Ich lasse euch durch meine Tür, aber ein Zurück gibt es nicht mehr für euch. Ihr werdet in der Wildnis ausharren müssen, bis die Sonne am Himmel steht. Überlegt es euch ganz genau, was ihr tun wollt und was ich euch noch sagen will. Ahti bleibt hier. Ihr könnt ihn euch bei Tageslicht holen.«

Finn spuckte aus und sagte zu seinem Bruder: »Mach dich bereit, Sigurd.« Beide erhoben sich und überprüften ihre Rüstung und die Waffen. Arne erhob sich ebenfalls und legte Widerspruch ein. Er versuchte, sie vom Gegenteil zu überzeugen und am Schluss verbot er ihnen zu gehen. Doch beide lachten ihn aus, Finn verhöhnte ihn dazu noch.

»Du wirst nie die Größe deines Vaters erreichen, Arne. Du wirst den Thron deines Vaters besteigen können … aber was danach geschieht« Sigurd lachte. Arne stand mit hochrotem Kopf vor ihnen und in seiner Hoffnungslosigkeit sagte er.

»Dann geht. Aber kehrt auch nie mehr zurück. Ich werde es meinem Vater erzählen und er soll über euer Fehlverhalten richten.«

Beide lachten erneut, als Bolgar sich hinter den jungen Königssohn stellte: »Verlasst uns nun. Ich folge euch nicht. Ich halte Arne die Treue.« Sigurd winkte verächtlich ab.

»Das habe ich mir schon gedacht, dass du so reagierst, Bolgar. Ist der Grund … das Kuhmädchen mit Namen Helgi?« Er lachte. Bolgar blieb wie ein Eisklotz ruhig und ohne Worte stehen.

»Dann sind alle Worte gefallen und es ist entschieden. Ich öffne kurz die Tür und ihr beide verlasst uns. Danach ist die Tür verschlossen und wird nicht mehr geöffnet, was auch da draußen passieren mag«, sagte der Bauer und ging an die Tür. Löste den ersten Eichenbalken und sah sie an.

»Ihr wollt euch wirklich dem Grauen stellen ohne Hoffnung auf Rückkehr?« Beide nickten. Der Bauer atmete tief durch und rief alle anderen, ihm zu helfen, um im Notfall die Tür wieder schließen zu können.

Den beiden sagte er: »Viel Glück im Kampf.« Und hob den letzten Balken weg. Er riss sie auf und ließ sie gehen. Hinter ihnen schlug die Tür zu und die beiden Eichenbalken wurden in ihre Verankerung gelegt.

»Hört nicht hin … und vergesst, was ihr hört. Sie sind dem Tod geweiht. Ihre Leichname werden auch in Walhalla nicht geduldet.« Alle Blicke waren auf den Bauern gerichtet.

Bolgar fragte ihn: »Warum weißt du das? Sie sterben einen Heldentod.«

Der Bauer verneinte: »Sie kämpfen gegen Draughr. Gegen Untote.«

Bolgar sah ihn entsetzt an.

»Draughr? Wer seit hundert Jahren hat einen gesehen?«

Der Bauer sah ihn an und sagte leise: »Ich nicht. Aber Geschichten darüber ... viele, die mich bis ins Innere erfrieren lassen. Das sind unheilvolle Gestalten und suchen unseren Tod.«

Bolgar nickte.

»Dies habe ich auch gehört und auch dass sie sich an uns rächen. Für einen unehrenhaften Tod.«

Arne blickte verwirrt und unentwegt beide an, als er sich getraute zu sagen: »Von was redet ihr da eigentlich? Könnte es mir jemand erklären?«

Bolgar sah zu ihm und versuchte es ihm zu erklären, doch der Bauer sagte ernst: »Hör auf, alles zu beschwichtigen, Bolgar, und du, Arne, hör mir genau zu. Hast du mich verstanden?«

Arne nickte.

»Gut so. Irgendetwas muss bei euch vorgefallen sein, Junge. Vor Jahren eventuell. Nicht von dir verursacht. Vielleicht von deinen Vorfahren. Was geschah bei euch? Weißt du das?« Arne musste verneinen, doch Bolgar nickte. Der Bauer sah ihn erschrocken an.

»Was war damals vorgefallen, Bolgar?«

»Das kann ich dir nicht genau sagen. Aber ich habe Geschichten darüber gehört.«

»Geschichten? Über was?«

Bolgar öffnete seine Lippen, doch dann verstarben seine Worte. Von draußen war Sigurd zu hören, der die Angreifer aufforderte, sich ihnen zu stellen. Finn lachte nur und schlug auf seinen Schild, um sie aufzufordern. Kurz darauf begann ein Spiel, das nur den Tod bedeuten konnte. Stimmen waren zu hören. »Ja komm schon, du Ausgeburt!«

Beide Brüder riefen nach ihnen. Dann der kurze Kampf. Schmerzensschreie von Finn waren zu hören. Dann wieder Ruhe.

Dann klopfte es an der Tür.

»Ich bin es, Sigurd«, sagte er heiser. »Bitte öffnet mir die Tür. Ich bin schwer verletzt. Lasst mich hinein.« Arne wollte handeln und die Balken lösen. Doch der Bauer stand ihm entgegen und versperrte den Weg.

»Lass die Finger von der Tür. Es gibt kein Zurück für ihn.«

Auch als Schmerzensschreie vor der Tür zu vernehmen waren, blieb er hart. Bolgar sah betroffen zu Boden und Arne. Er lehnte an der Tür. Seinen Kopf in seine Hände gelegt.

»Es ist vorbei. Finn und sein Bruder Sigurd leben nicht mehr. Das spüre ich«, sagte der Bauer.

»Sie liegen zerhackt von den Draughr vor dem Haus.«

»Was sollen wir nun nur tun, wir werden hier alle sterben«, sagte verzweifelt der junge Arne.

Der Bauer verneinte und sagte: »Nicht wenn wir die Nacht überstehen, junger Königssohn. Sie dauert nicht mehr lange.«

»Was macht dich dabei so sicher ... sie dauert nicht lang?«, fragte Bolgar.

Der Bauer sagte leise: »Wenn es sich wirklich um Draughr handeln sollte und nicht um eine andere Art einer unbekannten Ausgeburt, müssen sie zurück, woher sie kamen. Das heißt: in ihre Grabhügel.«

Arne sah Bolgar an, der nickte und flüsterte: »Dann könnte es passen.«

Ahti stupfte den Bauer mit der Axt an. Der drehte sich zu ihm. Ahti legte seinen Finger auf seine Lippen und deutete an die Wand im Rücken des Bauern. Bolgar und Arne rissen ihren Kopf herum und sahen dasselbe wie alle. Die hölzernen dicken Balken und die dicken Bretter der Wandverkleidung begannen sich nach innen zu biegen. Ächzten unter dem Druck. Finngail stemmte sich mit seinen Pfoten dagegen und mit großen Augen heulte er wie ein Wolf, wobei ihm der Speichel von seinen Lefzen tropfte.

Der Bauer flüsterte: »Stehen wir Rücken an Rücken, um alles zu beobachten und vergesst nicht den Rauchabzug. Bleibt wachsam.«

Lautlos hatten sich einige übers Dach geschlichen und griffen erneut durch den Abzug hinunter und suchten nach Arne. Sie griffen nur nach ihm. Ahti schlug mit seiner Axt wie ein Besessener gegen die Gliedmaßen.

Bolgar versuchte mit seinem Schild, dem Königssohn Schutz zu bieten.

Da ertönte ein blutgefrierender Schrei.

Alles war vorbei. Von einer Sekunde zur nächsten kehrte Stille ein. Auch der Wind wurde schwächer, bis er nicht mehr zu hören war. Finngails Fell beruhigte sich. Seine Haare lagen wieder an seinem Körper. Er schnupperte noch um die Wände, doch ohne zu knurren oder anzugeben. Auch die drei Kühe wurden langsam ruhiger.

Arne fragte: »Waren es Draughr und wenn ... was wollten sie von uns?«

Der Bauer sah Bolgar an, dann sagte er: »Mich würde es interessieren, was sie von dir wollten und was du dabei in diesem Spiel für eine Rolle spielst? Was ich nun weiß. Wir müssen morgen, so schnell es geht, dich in deine Heimat ... in dein Dorf zurückbringen; wenn es möglich ist: lebend. Dein Vater wird uns mehr erzählen können.«

Bolgar nickte, Arne auch, der nun verzweifelt nach Antworten suchte.

»Ich muss an die frische Luft«, sagte Arne, doch der Bauer verneinte ernst.

»Erst wenn du die ersten Sonnenstrahlen hier siehst.« Er zeigte mit seinem Speer an eine Stelle am Rauchabzug. Arne nickte und setzte sich ins Stroh, neben Torfi. Kurz darauf schlief er ein. Bolgar sah zu ihm.

Der Bauer sagte nur: »Lass ihn. Er hat viele Fragen, die er aber nicht selbst beantworten kann. Gönnen wir ihm den kurzen Schlaf.«

AUFBRUCH

Arne schreckte hoch, als ihn Bolgar an die Schulter fasste. Er rieb sich die Augen und sah sich um. Blickte auf den Bauern, der vorsichtig und leise die Balken der Türverriegelung löste.

»Habe ich geschlafen?« Bolgar nickte ihm väterlich zu und klopfte ihm auf die Schulter.

»Steh nun auf, Arne. Ich glaube, der Spuk ist zu Ende.«

Arne nickte und stand auf. Sah, wie der Bauer langsam die Tür öffnete und dann zögerlich hinaustrat. Sein Hund folgte ihm. Kurz darauf trat er wieder ein, nickte ihnen zu.

»Ich glaube, wir haben es überstanden.« Er verließ sein Haus wieder. Bolgar und Arne folgten ihm, auch Ahti. Die frische Luft tat den Lungen gut nach dieser verrauchten Nacht im Haus. Ahti streckte seine beiden Arme gegen den Himmel. Seine Axt noch immer in seiner rechten Hand. Tief sog er die frische kühle Morgenluft ein. Erst dann folgte er dem Bauern und sah sich um. Der Bauer stand mit Ahti etwas weiter entfernt von ihnen, während sein Hund schnüffelnd herumstreifte.

»Was schaust du auf den Boden?«, fragte Arne den Bauern. Er zeigte mit seinem Speer vor sich auf den Boden und sagte.

»Eine Blutlache. Hier muss einer der beiden gestorben sein. Es muss Finn gewesen sein, denn ihr steht auf Sigurds

Blutlache, der um Einlass bat.« Beide sahen nach unten und sahen auf das matschig rote Erdreich, das nun an ihren Stiefeln klebte.

»Aber wo sind ihre Leichname?« Der Bauer sah zu ihnen und schüttelte den Kopf.

»Bis jetzt haben ich und mein Hund nichts gefunden. Aber dies frage ich mich auch. Nach den Geschichten, die ich gehört habe, lassen sie ihre Opfer verstümmelt und zerhackt zurück.«

»Außer?«, fragte Bolgar.

»Außer, wenn diese Personen mit ihnen etwas zu tun hatten. Dann nehmen sie sie mit sich.« Der Bauer nickte. »Doch hier liegt kein Glied oder auch nur ein Fetzen Haut. Auch mein Hund hat bis jetzt nichts aufgespürt.«

Nachdenklich rieb er sein Kinn und ließ seinen Blick über das Gelände schweifen. Er eilte schnell zu Arne und Bolgar zurück und verschwand in seiner Hütte.

Die beiden sahen ihn an und Bolgar wollte von ihm wissen: »Was hast du, Bauer? Oder warum deine Hektik?«

Als er wieder im Türrahmen erschien und sagte. »Hier können wir nicht bleiben. Gebt mir etwas Zeit. Ich muss zuerst etwas regeln. Nutzt diese Zeit und packt alles, was euer und eurer toten Freunde ist, und wenn ich zurück bin …«

Er sah alle eindringlich an.

»… dann im Eiltempo fort von hier.«

»Wohin denn nur?«, fragte Arne ihn.

Der Bauer sagte: »Macht, was ich gesagt habe.« Und eilte mit großen schnellen Schritten fort.

Bolgar sagte zu Arne: »Er wird wissen, was er uns rät. Er scheint mir ein besonderer Mann zu sein und sicher war er nicht immer …«

Ahti nickte ihnen zu und sagte: »Bauer? Vielleicht seit einigen Jahren. Doch zuvor. Er muss ein großer Mann gewesen sein. Das sagen mir seine Waffen und seine Rüstung. Auch wenn sie ins Alter gekommen ist, was mich nicht verwundert. Bei seiner jetzigen Arbeit. Doch ich glaube seinen Worten. Ich glaube, er kann unsere Rettung sein. Ich werde mit ihm gehen.«

Er sah beide an.

»Aber ich lasse mich nicht mehr fesseln. Ich komme mit euch mit. Auch wenn es zu Arnes Vaters Festung führt, aber nur um dich zu schützen. An dich, Arne! Ich hoffe, du wirst dann für mich sprechen, dass ich nicht der böse Geist bin, der Unheil über Volk und Vieh brachte.«

Arne nickte ernst Ahti zu und sagte: »Ja. Das werde ich, Ahti.« Er nickte zufrieden und erleichtert.

»Dann lasst uns bereitmachen, wie er es wollte.« Er eilte ins Haus und packte sein Bündel. Bolgar und Arne folgten ihm und taten das Gleiche. Sie packten auch Finns und Sigurds Habseligkeiten. Bereit standen sie wartend vor dem Haus auf die Rückkehr des Bauern. Er kam zurück udnd sah sie an. Dann sagte er:

»Lasst uns sofort gehen.« Arne getraute sich zu fragen. »Bauer, was geschieht mit deinen drei Kühen?«

Der Bauer sah ihn an.

»Für sie wird gesorgt werden, Königssohn.«

Arne getraute sich zu lachen: »Von wem denn? In dieser unseligen Einsamkeit? Sie werden von Wölfen gerissen.«

Wütend schlug der Bauer auf die Tischplatte. »Kleines, verzogenes Königssöhnchen. Lass dir das letzte Mal sagen. Dieses Land hier ist nicht, was du gewohnt bist. Ein besonderer Ort. Hier leben Mächte zusammen, die nie zusammenkommen könnten. Ich habe es erfahren und erlebt. Nur weil ihr nicht mehr an sie glaubt, redest du so. Nun kommt! Habt ihr alles beisammen?«

Arne sagte kleinlaut: »Wohin denn nur?«

Erbost schrie der Bauer ihn an: »Wo liegt der Ort, wo dein Vater seine Siedlung hat. Ich kenne sie nicht. Nur du und Bolgar.«

Ahti sagte nüchtern: »Wir müssen ostwärts ins Tal zurück, Bauer.« Er sah ihn an, nickte ihm leicht zu.

»Gut. Dann werden wir dorthin ziehen und es ist Eile angesagt.«

Mit großen Schritten zog er Richtung Osten. Sein Hund folgte ihm, eng an seiner Seite. Er musste die Veränderung gespürt haben. Am Abhang blieb der Bauer stehen. Streichelte ihm liebevoll über seinen Kopf.

»Wache über unsere Kühe. So lange, bis ich wieder hier bin.« Finngail bellte und wedelte mit seinem Schwanz. Dann zog der Bauer mit seinen Gefährten ins Tal. Finngails jammernder Ruf verfolgte sie noch lange.

Nach Stunden, wie es schien, sagte Arne: »Ich sterbe vor Hunger. Ich brauche eine Pause.«

Der Bauer blickte zu ihm zurück, ohne sein Tempo zu verlangsamen. Griff nach hinten und zog einen prallgefüllten Beutel nach vorn. Griff hinein und fasste ein Stück Brot.

»Für dich, Arne. Dies muss vorerst reichen. Unsere Zeit läuft uns davon. Wir dürfen nicht rasten.«

Bolgar sagte: »Mir täte eine kurze Pause auch gut.« Der Bauer wollte etwas sagen, doch Ahti ergriff lautstark das Wort.

»Ich stimme dem Bauern zu. Wir müssen einen größeren Abstand erringen.«

»Abstand zu wem denn nur?«, wollte Arne wissen. Der Bauer lachte nur und Ahti gab ihm die Antwort.

»Was geschah denn letzte Nacht? Du warst dabei und hast es selbst erlebt. Dies Grauen wird uns verfolgen. Zuerst werden sie uns in der Hütte aufsuchen und wenn sie merken, dass wir nicht mehr dort sind, folgen sie unserer Spur. Nur warum? Das kann ich keinem von euch sagen.«

»Aber was haben wir mit diesem Fluch zu tun? Ich kann mich an keine Freveltat erinnern«, sagte Bolgar.

»Nur vage Geschichten, die ich vernommen habe. Aber stimmen sie? Ich hatte Zweifel. Aber nun? Es könnte sein. Nur der König könnte Antwort geben.« Der Bauer blieb abrupt stehen und setzte sich auf einen gefallenen vermoosten Baumstrunk. Sah alle an.

»Gut. Wir machen eine kurze Pause, dass alle sich etwas erholen können«, sagte er.

Als er Bolgar und Arne ansah und sagte: »Etwas muss in der Vergangenheit vorgefallen sein. Ahti und ich wissen nichts, Bolgar angeblich auch nicht. Da bleibst nur du, Arne.«

Er sah alle an und sagte: »Auch mir sind keine Freveltaten bekannt. Außer mein Vater hat es mir verschwiegen.«

Der Bauer nickte ernst. »Ich hoffe, wir schaffen es, denn mit diesem Grauen will ich hier draußen nichts zu tun haben.« Er sah alle nachdenklich an. »Ich glaube, es würde unseren Tod bedeuten.« Arne sah ihn mit großen Augen an. Ahti, der etwas abseits an einem Baum saß, blickte zu dem Bauern, der seinen Kopf schüttelte. Er verstand ohne Worte, was er sagen wollte.

»Nun weiter, Freunde. Die Zeit rennt«, sagte der Bauer und drängte alle wieder zur Eile an. Der Bauer ging mit schnellen Schritten Richtung Osten. Schaute sich nur kurz um und fragte Ahti. »Die Richtung stimmt?«

Ahti schloss zu ihm auf.

»Weiter vorn werden wir auf einen reißenden Bach treffen. Dem müssen wir folgen und eine seichte Stelle finden, um ihn zu überqueren. Dann, erst dann haben wir ein Drittel der Strecke erreicht.«

Der Bauer sah ihn an: »Wie kam es, dass ihr euch so verlaufen habt und bei mir gestrandet seid. Dies macht für mich keinen Sinn, Ahti.«

Er nickte und sagte: »Als sie mich gefangen hatten. Unter diesen fadenscheinigen Beschuldigungen und mich gebunden mitzogen ... da führten sie mich zurück. Am zweiten Tag trafen wir auf einen Birkenwald. Ich kannte ihn von früher. Er machte mir keine Angst. Doch Finn weigerte sich, den Wald zu betreten und sagte den anderen, dass sie nicht durch diesen Wald gehen sollten. Er habe ein ungutes Gefühl. So wurde ein anderer Weg gewählt. Er führte zu dir.«

Der Bauer sah Ahti an, dann drehte er sich zu Arne und Bolgar und fragte energisch.

»Stimmt das, was Ahti erzählt hat?« Bolgar nickte.

»Ja, seine Worte entsprechen der Wahrheit. Auch ich kannte den Wald. Doch auch mir hatte er nichts ausgemacht noch fühlte ich ein Unbehagen darin.«

Arne zuckte nur mit seinen Schultern: »Ich weiß auch nicht, was bedrohlich an ihm sein sollte. Nur Finn weigerte sich strikt, durch diesen Wald zu gehen und schlug vor, einen weiten Bogen darum zu machen.« Der Bauer blieb stehen und sah Arne durchdringlich an, der seinem forschenden Blick nicht lange standhalten konnte.

Der Bauer fragte Arne: »Wie lange kennst du diesen Finn schon?«

Arne sagte spontan und ehrlich. »Seitdem ich auf der Welt bin.«

Der Bauer nickte zufrieden und klopfte ihm auf die Schulter. Dann sah er zu Bolgar, der sogleich antwortete. »Ich diene Arnes Vater noch nicht lange. Doch müssen auch schon einige Jahre ins Land gegangen sein. Arne ist nun vierzehn Jahre alt und ich lernte ihn demnach vor sechs oder sieben Jahren kennen.«

Der Bauer nickte nachdenklich. »Dann wusste Finn mehr. Nur kann er uns nicht mehr Antwort geben, sein Bruder auch nicht. Vielleicht liegt das Geheimnis in diesem Birkenwald, da Finn ihn voller Angst nicht betreten wollte. Aber dies kann uns nur Arnes Vater beantworten.«

Dann ging er mit großen Schritten weiter. Suchte eine seichte Stelle. Als er sie gefunden hatte, stieg er in das kalte Wasser und watete durch.

Dann winkte den dreien zu: »Macht schon endlich und kommt auf diese Seite. Wir haben noch einen langen Weg vor uns.«

Das Tempo, das er einschlug und hielt, überraschte auch Ahti, der nach Stunden des schnellen Gehens zu dem Bauern rief: »Du bist ein sonderbarer Mann. Du zeigst kein Anzeichen von Ermüdung. Auch wird dein Schritt nicht langsamer und kürzer wie unserer. Du schreitest wie am Morgen. Ohne nachzulassen. Unser Abstand zu dir wird immer größer.«

Der Bauer lachte ernst, ohne sein Tempo zu verringern: »Wenn ihr überleben wollt, dann folgt mir lieber. Presst eure ganzen Reserven aus euch heraus. Auch wenn ihr rennen müsst.«

Die drei versuchten, ihm zu folgen, doch der Abstand wurde immer größer. Das Tageslicht begann zu schwinden; die drei erklommen eine kleine Anhöhe und blickten ins

Tal. Sie sahen ein Feuer brennen und eilten darauf zu.

Der Bauer saß entspannt davor und schürte die Glut. Sah zu ihnen auf und bot ihnen Platz an.

»Gut, dass ihr es auch geschafft habt. Nun versucht, euch zu erholen.«

Bolgar versuchte unter schwerem Atmen zu sagen: »Du liefst wie ein Besessener. Woher hast du diese Kraft?« Der Bauer sah ihn nur an und sagte.

»Ich habe einen Feuergraben um dieses Lager gezogen. Wenn wir es entfachen müssen, wird es sich in Form einer Rune zeigen, einer Algizrune – also einer Schutzrune. Ob es wirkt, werden wir sehen.«

Zu Bolgar sagte er nüchtern: »Es ist noch nicht Zeit, von meinem Schicksal zu erzählen. Aber ich verspreche dir, Bolgar, wenn wir im Schutze und Sicherheit von Arnes Vater sind ... dann ist die Zeit reif dafür.«

Bolgar nickte ihm zu. Arne fragte: »Bauer. Du meinst, diese Rune kann uns helfen?«

Der Bauer sah ihn an und zuckte mit seinen Schultern. »Das kann ich dir auch nicht mit Gewissheit sagen, Junge. Dies riet mir das verborgene Volk.«

»Du sprichst von den Elben und Zwergen. Vermute ich richtig?« Der Bauer nickte ernst.

»Dann hoffen wir, dass sie recht haben, und dann will ich mehr von diesem Volk erfahren.«

»Mit Freuden, Königssohn. Wenn wir lebend zu deinem Vater zurück sind. Schlaft nun. Ich übernehme die erste Wache.«

Bolgar sagte ernst: »Schaffst du das? Oder soll ich mit dir Wache halten?«

Der Bauer verneinte. »Erholt euch, solange ihr könnt. Ich wecke euch, wenn ich es für notwendig halte.« Der Bauer berührte Bolgars Schulter und nickte ihm zu mit den Worten: »Ahti ist schon wach.« Bolgar nickte und erhob sich mühsam und setzte sich neben die beiden anderen.

»Zum Glück ist noch nichts passiert.« Dann sah er sich um und in den Sternenhimmel.

Er sah den Bauern an.

»Wie lange hast du uns schlafen lassen?«

Ahti antwortete: »Zu lange, Bolgar. Sieh nach oben und suche den Großen Wagen oder wie ihn auch andere nennen. Der Große Bär. Das Sternenbild, wenn du es kennen solltest.« Er nickte heftig.

»Klar kenne ich dieses Sternenbild.«

Ahti sagte leise: »Als wir uns hingelegt haben, stand es östlich von uns. Etwa dort, wo der Baum steht.« Er zeigte auf ihn.

»Und jetzt? Das Sternenbild steht im Westen.« Bolgar nickte und sah den Bauern an.

»Die Nacht ist bald vorbei. Habe ich recht?« Er nickte und sagte.

»Ja. Ich glaube das erste Tageslicht wird sich in etwa drei Stunden zeigen. Das Schlimmste haben wir überstanden, wie ich glaube. Nun brauche ich auch etwas Schlaf. Weckt mich, wenn ihr mich braucht und seht zu, dass das Feuer immer brennt.« Er legte sich hin und deckte sich mit seiner Decke zu, als er zu ihnen noch sagte.

»Lauscht in die Nacht und lauscht ihren Geräuschen.«

ERSEHNTER SCHUTZ

Arne weckte sanft den Bauer.

»Wach auf, Bauer, und iss etwas mit uns. Die Sonne ist vor Kurzem aufgegangen.« Er öffnete seine Augen und sah sich um.

»Dann haben sie uns noch nicht gefunden, das ist gut. Aber unser Morgenmahl muss schnell gehen, denn uns läuft die Zeit davon.«

Bolgar reichte ihm seine Schale. »Zeit davon? Die Sonne ist doch erst vor Kurzem aufgegangen.«

Der Bauer nickte. »Ich hörte ihr Schreien in der Nacht. Sie wollten uns erneut aufsuchen und fanden nur eine leere Hütte. Aber wie ich sie einschätze, folgen sie uns bereits und wenn sie in dieser Nacht auferstehen …«

Er blickte alle an.

»… dann wird ihnen klar sein, wohin unser Weg führt.«

Arne fragte bestürzt: »Was heißt das. Sie werden das Dorf angreifen?« Der Bauer sah ohne Worte auf den Boden. Bolgar gab Arne Antwort.

»Dies deutete der Bauer an.«

»Dann bitte ich euch. Brechen wir schnellstmöglich auf. Nutzen wir die Stunden des Vorsprungs, um vor der Dunkelheit euer Dorf zu erreichen.« Alle willigten ein und eilten sich. Schnell war ihr Lager abgebrochen und der Marsch begann. Ahti, der sich hier auskannte, zeigte dem Bauern die Richtung, die sie einschlagen mussten. Der Bauer nickte und sah Ahti an. Nickte und zog los. Er schlug das gleiche Tempo an, das er schon am vorhergehenden Tag hielt.

Die Stunden vergingen, als Ahti zu ihm aufschloss. »Kannst du das Tempo nicht senken. Ich glaube, die beiden halten nicht durch.« Er meinte damit Arne und Bolgar. Der Bauer verlangsamte seine Geschwindigkeit nicht.

Er sah Ahti an und sagte: »Um keinen Preis will ich noch mal in dieser Einöde übernachten und vor allem nicht mit diesem Grauen im Rücken, für das wir beide überhaupt nichts können. Was haben wir damit zu tun? Was Arnes Vater damit zu tun hat? Es interessiert mich nicht, Ahti. Ich will wieder auf meine Hochebene und in Frieden leben.«

Ahti nickte und sagte ernst: »Du könntest auch zu uns ziehen. Deine drei Kühe würden unsere Rentiere nicht stören.« Der Bauer schmunzelte und klopfte ihm auf seine Schulter. Nickte und sagte zufrieden.

»Wäre eine Überlegung wert, Ahti. Aber zuerst will ich die beiden in Sicherheit wissen.« Und schritt noch schneller. Auch Ahtis Kräfte fingen langsam, nach diesem gewaltigen Tempo, an zu schwinden und er rief: »Halt an, Bauer. Die beiden kann ich nicht mehr sehen. Wo sind sie abgeblieben?« Der Bauer blieb abrupt stehen. Er seufzte tief und sagte.

»Dann müssen wir gezwungenermaßen auf sie warten.«

Beide setzten sich auf den moosigen Untergrund und

41

warteten.

Ahti fragte: »Es steht mir nicht zu. Darum verzeih mir. Aber woher beziehst du deine Kraft?« Der Bauer sah ihn ernst an. Schwieg zuerst, bis er sagte: »Es ist eine Geschichte von Enttäuschung, Verrat und Trauer. Dies ließ mir keinen Ausweg. Ich musste mein Land verlassen und suchte einen Ort, an dem ich ohne Menschen, ohne einen Herrn leben konnte. Dieses Land fand ich dort, wo ihr auf mich gestoßen seid.«

Bolgar und Arne wurden sichtbar. Der Bauer erhob sich und winkte ihnen zu: »Hierher! Kommt!«

Ahti hielt ihn am Ärmel und fragte: »Nur deinen Namen, Bauer, will ich wissen. Das reicht mir fürs Erste.«

»Meinen Namen? Er ist nichts von Bedeutung, nur ein Name. Aber er lautet Thorhall Helgison. Reicht das?« Ahti nickte zufrieden mit einem sanften Lächeln auf seinen Lippen und nickte. Arne und Bolgar erreichten sie, keuchend und völlig außer Atem.

Bolgar sagte: »Ein scharfes Tempo, das wir nicht gewohnt sind.« Der Bauer sah sie streng an.

»Ihr müsst es, um eures Lebens willen. Ich habe nicht die Kraft, allein gegen dieses Grauen zu kämpfen. Dein Vater, Arne … er kann vielleicht helfen, aber nicht ich. Was ich für euch tun kann, ist nur: euch gesund und heil zurückzubringen. Habt ihr mich verstanden?«

Sie sahen ihn an und nickten.

»Dann gewähre ich euch eine halbe Stunde der Ruhe. Aber nicht länger.«

Zu Ahti sagte er: »Wann sehen wir sein Dorf?«

Ahti nickte und sagte: »Siehst du den Hügel dort? Auf ihm steht ein großer alter Baum. Wenn wir ihn erreicht haben, dann sehen wir ihr Dorf.« Der Bauer nickte.

»Zum Baum. Gut zwei Stunden.« Ahti nickte. Er sah ihn an und fragte.

»Und danach?« Ahti zuckte mit den Schultern.

»Ich schätze … bei unserem Tempo … noch mal zwei Stunden.« Der Bauer sah in den Himmel und nach dem Sonnenstand.

»Dann würden wir vor Einbruch der Dunkelheit ankommen.« Ahti nickte. Der Bauer trieb alle ein weiteres Mal an. Bat sie inbrünstig, alles aus sich herauszuholen. Dabei blickte er Arne an. Der wiederum versicherte ihm alles zu versuchen, was er konnte. Der Bauer griff in seinen Beutel und brach das letzte Brot in gleiche Teile. Teilte den letzten Käse aus und reichte ihn herum.

»Mit etwas im Bauch geht es einem meistens besser.« Im Stehen aßen sie das Wenige, als Bolgar sagte: »Nehmen wir den Rest des Weges. Ich kann das Ale schon riechen.« Alle lachten, als der Bauer sich umdrehte, den Weg fixierte und schnellen Schrittes weiterging. Es schien, als würde er noch schneller gehen als zuvor. Immerwährend den Sonnenstand beobachtend.

Bolgar rief ihm zu: »Es dauert noch einige Stunden, bis es eindunkelt.«

Ohne sein Tempo zu verringern, rief er zurück: »Ja. Da hast du recht, Bolgar, und würden wir nicht so kurz vor unserem Ziel stehen, würde ich einen geeigneten Schlafplatz suchen. Doch was hast du vor Kurzem gesagt. Du kannst das Ale schon riechen?«

Er lachte laut.

Es dauerte noch, dann stand der Bauer auf der kleinen Erhebung und stützte sich auf den mächtigen Stamm des alten Baumes. Ahti trat schwer atmend an seine Seite und zeigte weit im Tal unten eine kaum sichtbare Siedlung.

»Das ist Breidastat. Dort müssen wir hin oder es zumindest versuchen …«

Arne und Bolgar hatten zu ihnen aufgeschlossen und Bolgar jubelte beinahe: »Sieh mal, Arne, Breidastat.« Und zeigte darauf. Der geschwächte Junge nickte unter Keuchen. Der Bauer sah den Jungen an.

»Du hast keine Kraft mehr, Junge.« Der nickte und sackte zusammen. Der Bauer fasste hart nach Bolgar und Ahti und sagte ernst.

»Ihr müsst so schnell es geht zu dieser Siedlung und um Hilfe bitten, damit sie uns holen. Ich trage den Königssohn und folge euch. Beeilt euch, denn auch meine Kraft reicht nicht mehr lange aus.« Ahti verstand es sofort, doch Bolgar wollte Arne nicht verlassen.

»Macht, was ich sage – und zwar schnell!« Ahti riss Bolgar mit sich und beide rannten den Abhang hinunter Richtung Siedlung. Der Bauer sah Arne an.

»Erhole dich kurz, aber dann müssen auch wir weiter.« Arne nickte und wusste um was es ging: um die Ernsthaftigkeit der Lage. Er stand auf und nickte dem Bauern zu. So zogen sie den anderen hinterher, während die Sonne langsam sich ans Ende des Horizontes bewegte.

»Verfolgen sie uns schon?«, fragte Arne den Bauern. Er verneinte und sagte: »In etwas mehr als einer Stunde werden sie aus ihren Gräbern herauskommen, um uns zu folgen. Es ist ernst, aber noch keine Bedrohung für uns. Keine Angst, Arne, ich werde dich heil zu deinem Vater zurückbringen.« Arne sah ihn an. Der Bauer schmunzelte ihm zu.

»Keine Angst … und sonst sterben wir einen Heldentod. Und die Geschichte wird lauten: Arne der starke Königssohn und der namenlose Bauer und ihr Kampf gegen das Böse … oder so.«

Arne musste lachen: »Poetisch, wie ich sagen muss, Bauer. Aber insgeheim hoffe ich wieder meinen Vater zu sehen und meine Mutter.« Der Bauer nickte ihm zu.

»Das wirst du und das werde ich mit meinem Blut bezeugen. Du bist ein tapferer junger Mann und wirst sicher später ein guter König werden. Nun komm! Eilen wir den anderen nach.«

Arne nickte und stolperte hinter dem Bauern her. Doch die Erschöpfung wurde immer intensiver. Er stolperte immer wieder und fiel um. Dem Bauer blieb nichts anders übrig als ihn auf seine Schulter zu legen und weiter zu marschieren.

Der Abstand zur Siedlung schwand, aber auch seine Kraft, um den Jungen zu tragen. Noch einige Minuten und die Sonne verschwand am Horizont. Wo blieben die anderen? Er beschleunigte sein Tempo noch mehr, doch auch nun schwanden seine Kräfte immer mehr. Beim letzten Lichtstrahl vernahm er von weit her bedrohliche Rufe …

… und er kannte sie.

Der Ruf der Draughr. Auch er spornte sich selbst an und zog Richtung der Siedlung. Er blieb stehen, als Stimmen zu hören waren, und sah den Wurm aus Fackeln auf sie zu kommen. Erleichtert seufzte er tief durch. Ahti war der Erste, der zu sehen war; der rief schon von Weitem: »Thorhall, Arne. Wo seid ihr?« Ahti war es auch, der die anderen zu ihnen führte.

Er sagte ernst: »Ladet den Königssohn auf den Wagen, den geschwächten Bauer auch, und bringt sie zurück, so schnell es geht. Wir werden ihren Rückzug mit allen Mitteln zu schützen versuchen.«

Die Männer sahen ihn an und einer wagte es zu antworten: »Bist nicht du der, der dies alles verursacht hast. Ahti, der Finne.«

Als Bolgars Stimme hinter ihm sagte: »Nicht Ahti, ihr Tölpel. Wer Schuld am Ganzen trägt, wird sich noch zeigen. Bringen wir …«

Von Weitem waren unnatürliche Rufe zu hören. Er sagte ängstlich: »Draughr. Eilt zurück. Schnell. Und schützt den Sohn des Königs mit eurem Blut.«

»Von was sprichst du, Bolgar? Und was hast du vorhin gesagt? Draughr? Was soll das sein, Bolgar?«

»Was das ist? Ihr wollt den Kreaturen nicht begegnen. Sie sind eine Ausgeburt der schlimmsten Hölle, die ihr euch nicht vorstellen könnt. Sie schlugen Finn und seinen Bruder Sigurd in wenigen Minuten zu Tode. Wahre, gute Kämpfer, die ihre Tapferkeit schon mehrmals bewiesen hatten, wie ihr alle wisst. Doch was mich am meisten erschütterte. Wir fanden keinen Leichnam. Nur die matschige, blutrote Erde auf der wir standen.«

Entsetzte Gesichter blickten zu Bolgar, als ein gewisser Hakon allen zurief: »Dann los. Bringt die beiden, so schnell es geht, zum König und in Sicherheit. Wir folgen euch und decken euren Weg. Sagt auch, die Wachen sollen verdoppelt werden.«

Einige folgten als Begleitschutz dem Wagen, der schnell zur Siedlung zog. Bolgar und Hakon und noch etwa zwanzig Männer aus der Leibgarde des Königs harrten noch kurz aus und lauschten in die nun dunkle Nacht. Es waren Geräusche zu hören, die keinem Tier zugeschrieben werden konnte. Geräusche zwischen Sprache und Winseln. Hakon rieb sich am Kinn und am Nacken.

Bolgar sah ihn an und er sagte: »Dies lässt mir erneut die Haare zu Berge stehen, das habe ich vor zwei Tagen schon gehört und erlebt. Wie sie angegriffen haben …«

Hakon nickte ernst und sagte. »Nicht nur dir. Auch mich befällt ein Unbehagen und lässt mich erschauern. Ich glaube es wird Zeit zurückzukehren.« Bolgar nickte und führte sein Pferd zurück. Auch Hakon gab ein Zeichen und der Rest seiner Männer folgte ihm. Sie gaben ihren

Pferden die Sporen. Hinter ihnen wurde das schwere Tor geschlossen und verriegelt. Hakon rief angespannt.

»Sind die Wachen verdoppelt worden?« Die Stimme von Thorgrimm ließ ihn herumwirbeln. Er lachte ihm freundlich zu.

»Was für eine Frage, Hakon. Dein Wort ist Befehl, und ich habe sie dazu aufgerufen und eingeteilt.« Hakon nickte zufrieden und schlug ihm freundschaftlich auf seine Schulter.

»Diese Nacht müssen wir wachsam sein. Glaube mir, mein Freund. Da draußen lauert etwas, das mir mein Blut gefrieren lässt.«

Thorgrimm sah ihn forschend an, doch Hakon konnte ihm keine Antwort geben.

Er nickte ihm nur zu mit den Worten. »Lass uns wachsam sein.«

Da rief einer, der Kartan hieß: »Hakon. Es fehlt Jorundr. Er ist nicht mit uns zurückgekehrt. Sein Pferd schon.«

»Wie das, Kartan?« Er wusste nicht, was er darauf sagen sollte und sagte.

»Er ritt mit uns zurück. Ich hörte nichts, außer den Pferdehufen.« Hakon fluchte wild, was Thorgrimm aufschrecken ließ. Er rannte sofort auf den Wehrgang, wobei er die Männer anfeuerte und alle beschwor, wachsam zu sein. Er selbst lief dabei unentwegt darauf hin und her.

Hakon eilte sofort zur Halle des Königs. König Björn stand schon mit seiner Frau Birghir vor der Halle. Birghir umarmte ihren Sohn und dankte den Göttern für seine glückliche Heimkehr. Björn zog Hakon zur Seite und wollte Genaueres erfahren, doch Hakon verwies ihn an Bolgar und an den Bauern. Zusammen betraten sie die große Halle.

König Björn sah seinen Sohn und Bolgar an und sagte: »Ihr seht hungrig und durstig aus. Setzt euch an den Tisch und esst zuerst. Das gilt auch für dich, Bauer! Iss und trink von meiner Tafel. Ich danke dir für deine Hilfe.«

Der Bauer sagte. »Doch einer fehlt in dieser Runde. Wo ist Ahti abgeblieben? Er ist genauso an deines Sohnes Rettung und an Bolgars beteiligt gewesen wie ich.«

Dies gefiel König Björn gar nicht, aber er antwortete: »Dieser Zauberer. Der uns nur Sorgen gebracht hat. Er liegt gebunden im Kerker.«

Als Arne aufbegehrte und seinem Vater Widerstand bot: »Das glaubten wir zuerst auch. Fanden ihn und durch einen von Finn erzwungenen Umweg des Birkenwaldes, der hinter Helges Land liegt, mussten wir uns verlaufen haben. Der Bauer nahm uns auf. Dann traf das Grauen auf uns und wir fürchteten um unser Leben. Doch Ahti stand uns zur Seite.«

Arnes Vater sagte erzürnt: »Hör auf, Junge. Der Finne hat alles heraufbeschworen. Da bin ich mir sicher und ich will nichts mehr davon hören.«

Der Bauer erhob sich und sagte verbittert: »Dann ist es keine Tafel, an der ich sitzen kann. Verzeiht meine Unhöflichkeit, mein Herr. Ich danke dir und deiner Frau für die gereichten Speisen.«

König Björn blickte ihn durchdringlich an. »Du siehst für mich auch nicht wie ein Bauer aus. In deiner edlen Rüstung. Eine gut gearbeitete Brünne, die du trägst. Dein Schwert und dein Speer scheinen mir von feiner Machart zu sein. Lange habe ich nicht mehr solch einen gesehen. Vortreffliche Arbeit. Du scheinst mir eher ein Krieger zu sein als ein Bauer.«

Der Bauer nickte zurück.

»Da liegen einige Jahre zurück, Herr. Aber nicht mehr. Das ist für mich Geschichte und gebrochene Träume, die ich noch nicht verkraftet habe.« Er verneigte sich und verließ die Halle. Hakon folgte ihm nach wenigen Minuten und rief vor der Halle nach ihm. Der Bauer blieb stehen. Seinen Speer fest in der Hand haltend.

»Was willst du von mir, Hakon? Lass mich hier übernachten. In Frieden und Ruhe als Gegenleistung für die Rettung des Königssohnes. Morgen will ich mit Ahti eure Siedlung wieder verlassen. Hier fühle ich mich nicht wohl.«

Hakon nickte ihm zu. »Ich will sehen, was ich für dich tun kann. Ich wollte dir nur sagen. Ich bin stolz auf dich und möchte dir für Arnes Rettung danken. Der Junge liegt mir am Herzen.« Der Bauer nickte ihm zu.

»Bring mich zum Kerker von Ahti. Ich werde ihm Gesellschaft leisten.« Hakon stimmte zu und führte ihn zu ihm mit den Worten.

»Ich bringe Brot, Fleisch, Käse und Ale für euch. Gib mir nur etwas Zeit.« Der Bauer nickte zufrieden und ging auf den Kerker zu, als Hakon leise sagte: »Bauer, hast du einen Namen?« Er nickte ernst.

»Thorhall Helgison.« Hakon nickte erfreut und entfernte sich einige Schritte, als er zurückkehrte und flüsterte.

»Thorhall Helgison hast du gesagt. Bist du von den Noregr?«

Thorhall nickte.

»Den Namen kennen viele von uns und auch deine erfolgreichen Fahrten mit Seejarl Hauki Haraldson.«

»Nur Namen, Hakon, die für mich keine Bedeutung mehr haben. Diese Zeiten sind vorbei. Aber ich war ein Bootsführer von Hauki, dem Jarl. Sprich aber den Namen nicht mehr aus. Er schmerzt mich zu sehr.« Hakon nickte verstehend und verabschiedete sich.

Der Bauer setzte sich an die vergitterte Wand und sagte leise: »Lebst du noch Ahti?« Von innen war leichtes Kettenrasseln zu hören und schwach seine Stimme. »Ja, Thorhall. Wie lange noch kann ich dir nicht sagen. Ich wurde zusammengeschlagen, sofort von euch getrennt und eingesperrt.«

»Halte durch, Ahti. Morgen werde ich mit dir diesen verfluchten Ort zu verlassen versuchen. Entweder lebend oder tot. Halte durch, Ahti. Ich bleibe hier sitzen und werde über dich wachen.« Er lachte leise und dankte ihm dafür. Hakon kam wie versprochen zurück. Einen prallen Beutel in der Hand. Er legte ihn vor Thorhall nieder.

»Essen und etwas zu trinken. Du hast versichert, dass dieses Grauen nach Sonnenaufgang keine Macht mehr hat?« Der Bauer und Ahti bestätigten es.

»Ich frage nur. Birghir will mit euch beiden morgen reden und ich will ihre Sicherheit nicht gefährden. Sie hat Fragen, die sie euch stellen will. Was soll ich ihr antworten?« Ahti rappelte sich auf und hauchte durch sein vergittertes Gemach.

»Ich werde ihr Rede und Antwort stehen.«

»Gut, Ahti. Ich werde es ihr sagen.«

Thorhall, der Bauer, willigte auch ein.

Die Nacht verstrich, doch ruhig war sie nicht. Immer wieder wurden Geräusche hörbar, die nicht von dieser Erde stammten. Aber nur die vier erkannten die Stimmen des Grauens. Ahti sagte.

»Heute Nacht hätten sie unser Lager erreicht und was dann mit uns geschehen wäre …«

Er schwieg und Thorhall bestätigte seine Gedanken und sagte: »Doch die kommende Nacht? Nun wissen sie, dass … nach was sie suchen … hier zu finden ist.«

Der Morgen brach an und Hakon trat zu ihnen. Schloss Ahtis Tür auf und sagte: »Folgt mir. Ich bringe euch zu Birghir, der Königin. Sie erwartet uns schon. Verhaltet euch ruhig und bringt mich nicht in Bedrängnis.«

Beide eilten Hakon durch die noch verschlafenen Gassen der Siedlung. Ein Gockel rief zur Tagwache, doch es waren nur vereinzelte Personen zu sehen, die ihrer Arbeit nachgingen und keinen Blick für sie übrig hatten. Hakon traf auf zwei Männer, die er kannte. Sie blieben stehen und sahen uns alle an.

Hakon grüßte sie und wollte weitergehen. Als einer sagte: »Hakon. Verzeih meine Frage. Was hast du mit den beiden vor?« Hakon seufzte vor sich hin und sagte schlicht und ruhig zu ihnen: »Befehl. Ich führe nur Befehle aus, Bjarki.« Der Angesprochene nickte.

»Entschuldige, Hakon, die Nachfrage. Aber diese Nacht war wie keine andere sonst. Diese Geräusche, diese unverständlichen Rufe, die die Nacht erfüllte. Ich wollte nur wissen.« Hakon nickte ihm zu.

»Ich verstehe dich, Bjarki. Es war deine Pflicht und ja diese Nacht, da gebe ich dir recht. Es war keine Nacht wie zuvor. Richtig unheimlich.«

Bjarki und sein Begleiter gaben ihm recht.

»Nun lasst mich meine Aufgabe zu Ende bringen. Ich muss sie zu Björn und Birghir bringen. Sie haben Fragen an die beiden.«

Bjarki nickte und sagte: »Es war mir nicht bewusst. Entschuldige unser Aufhalten, Hakon.« Er schmunzelte ihnen mit den ermunterten Worten zu.

»Nun weiß ich mit Bestimmtheit, dass ich in der folgenden Nacht tief und fest schlafen kann.« Und klopfte Bjarki auf seine Schulter. Zu uns sagte er.

»Los, kommt weiter. Wir werden schon erwartet.«

König Birghir

Hakon öffnete eine Tür und ließ sie eintreten. Der Raum war spärlich durch vier Fackeln ausgeleuchtet. Königin Birghir war allein und saß auf einem schlichten Stuhl und erhob sich, als Ahti und Thorhall den Raum betraten. Hakon folgte und schloss die Tür hinter sich. Sie zeigte auf zwei weitere Stühle, die sie ihnen anbot, um Platz zu nehmen.

»Verzeiht mir, euch an einen so verstohlenen Ort zu bitten, doch als ich den Namen Thorhall Helgison, von Hakon erfahren habe …« Königin Birghir blickte den Bauern an. »… das musst du sein, auch deinen Waffen nach zu urteilen.«

Thorhall nickte ernst und Birghir nickte höflich.

»Dann erbitte ich dich und Ahti um Hilfe. Steht uns bei!«

»Uns?«, fragte Thorhall.

Birghir nickte sanft. »Mir, meinem Sohn Arne und auch den Männern, die zu mir stehen. Hakon gehört auch dazu.«

Ahti fragte: »Wollt ihr eine Revolte anzetteln?«

Birghir verneinte und sagte ernst und entschlossen: »Hört mir einfach nur zu, was ich euch nun erzählen werde. Bedenkt es und morgen teilt ihr euren Entschluss Hakon mit. Selbst wenn euer Entschluss Nein lautet, werde ich einen Weg finden, euch die Freiheit zu ermöglichen. Dazu stehe ich.«

Beide nickten Birghir zu und sie begann mit ihrer Geschichte.

»Ich muss einige Jahre zurückgreifen. Verzeiht. Ich war die Tochter von Jarl Gisli Sigurdson und meiner Mutter Swanhild. Sie gründeten diese Siedlung, in der ich auch geboren wurde.«

Ahti nickte. »Den Namen habe ich schon mehrmals gehört, von meinem Vater.«

Birghir nickte. »Unsere Väter hatten ein sehr gutes Einvernehmen. Besuche beider Völker waren nichts Außergewöhnliches, auch Handel und Frieden nicht. Als ich reif war für eine Heirat, erwählte ich einen Mann. Ein guter Mann, den ich von Herzen liebte. Sein Name war Hengist. Mit ihm hatte ich einen Sohn. Dann gab es Krieg: der alte Glauben gegen das Kreuz. Mein Vater und mein Mann folgten mit einer Schar Männern dem Ruf und zogen zu unseren Nachbarn, den Noregr. Doch keiner von ihnen kam mehr zurück. Monate später erfuhren wir, was geschehen war. Beide starben in der Schlacht von Hafrsfjord. Dabei war auch dein Name gefallen. Der mächtige Thorhall Helgison, der wie ein tollwütiger Bär kämpfte und kein Gegner konnte ihm Leid zufügen.« Sie sah ihn an. Thorhall hielt ihrem Blick stand und nickte ernst.

»Die Namen deines Vaters und deines Gemahls sind mir nicht bekannt. Es waren zu viele, die sich uns gegen das Kreuz angeschlossen haben und … zu viele, die dabei gestorben sind.«

Birghir erzählte weiter.

»Meine Mutter und ich waren nun allein und dein Vater, Ahti, half uns, wo er nur konnte. Darum glaube ich bei Weitem nicht daran, dass du uns das Unheil gebracht hast. Doch gingen die Meldungen schnell durchs Land, dass dieses Dorf unter keinem Schutz eines Königs stand. Viele versuchten, um mich zu werben, doch ich sagte zu allen Nein. Da stand Björn Herjulfson vor unseren Toren. Hinter ihm ein großes Heer. Er verlangte Einlass. Meine Mutter gab nach. Er warb um mich, was ich höflich ablehnte. Doch er setzte meine Mutter unter Druck mit den Worten: ›Dann seid ihr und eure Siedlung von mir eingenommen und ich nehme mir was ich will.‹ So musste ich ihn heiraten. Arne, mein Sohn, entstand durch Vergewaltigung. Ich liebe ihn trotz der Tat, die mein Gemahl mir angetan hat. Es ist mein Sohn.« Sie seufzte tief, dann erzählte sie weiter.

»Doch mein Erstgeborener … er hieß Sven … Sven konnte sich mit meinem aufgezwungenen Ehemann nie anfreunden. Widersprach ihm unentwegt und tat nie, was Björn von ihm verlangte, was Björn zu jähzornigen Ausbrüchen brachte. Jahre später kam es zu einem Grenzstreit. Björn verlangte von Sven, ihm zu folgen, da er schon im waffenfähigen Alter war. Sven und drei andere junge Männer folgten ihm.«

Sie musste einige Tränen abwischen, als sie weitererzählte. »Björn und seine Männer kamen siegreich zurück, doch nicht Sven und seine Freunde. Er tat es mit dieser leichtfertigen und lakonischen Antwort ab: ›Sie waren halt zu jung und nicht mit den Waffen vertraut.‹ Ich wusste aber, dass mein Sohn von Haldor zu einem sehr guten Schwertkämpfer getrimmt wurde. Haldor ... auch er kehrte nicht zurück.«

Thorhall nickte sinnend, als er die Königin fragte: »Was ist dir über deinen jetzigen Mann bekannt, Königin?«

Königin Birghir atmete tief durch und sagte: »Eigentlich nichts, außer Streitsüchtigkeit, und er nimmt, was er will. Egal ... Frauen, die ihm gefallen ... jeder Anlass, um einen Kampf anzuzetteln.«

Hakon bestätigte es mit Kopfnicken. Ahti fragte leise: »Ich weiß nicht, was mein Vater in seinen Träumen gesehen hatte und was ihn veranlasst hat, mich zu euch zu senden, um vor einem Unheil zu warnen. Mir wird aber nun langsam klar. Es muss etwas mit deinem Ehemann zu tun haben, Königin Birghir.«

Alle sahen ihn an und Birghir sagte: »Nur wie? Man müsste Vertraute von ihm aushorchen, aber würden sie reden? Ohne Gewalteinwirkung?«

Thorhall verneinte stumm. Hakon sagte ruhig: »An einem ausgelassenen Abend unter genug Ale im Blut. Vielleicht.«

Thorhall sah Hakon an: »Wie gut bist du mit Bjarki befreundet?«

»Eigentlich gar nicht. Für mich ist er zu wissbegierig und ich traue ihm auch nicht. Er ist einer von denen, die mit dem König gekommen sind.«

Ahti fragte: »Wie viele sind es damals gewesen.«

Hakon überlegte kurz, als Birghir sagte: »Sicher dreißig Mann.« Hakon nickte.

»Dann waren hier nicht mehr viele Männer«, sagte Ahti.

»Nur ein kleiner Trupp zum Schutz von meiner Mutter und mir und meinem Sohn Sven.«

»Also nicht ausreichend, um ihnen wirksam Widerstand zu leisten«, brummte Thorhall. »Dann müssen wir aber mit Vorsicht agieren.« Er sah alle an.

»Hakon, du musst die Männer an deiner Seite wissen, die dir und der Königin im Ernstfall helfen werden. Wie du zu Bolgar stehst … das musst du wissen, aber wie er mir versicherte, steht er hinter Arne. Was er auch bewiesen hat. Sucht alle zusammen. Erst dann können wir über weitere Pläne nachdenken.«

Birghir nickte, auch Hakon willigte sofort ein.

»Nun bring uns zurück, Hakon, und wirf Ahti wieder in sein Verlies und ich schlafe daneben und wache über ihn.«

So verabschiedeten sie sich von der Königin. Es konnte nicht mehr lange dauern, bis das erste fahle Licht eines neuen Tages zu sehen war. Ahti saß wieder gefesselt in seinem Kerker und Thorhall legte sich vor seinem Fenster nieder und schloss die Augen. Doch der Schlaf war kurz.

Laute Stimmen aufgeregter Männer begannen im ersten Tageslicht zu rufen. Entsetzte Rufe, die die Ruhe störten, aber auch alarmierend klangen. Thorhall blieb liegen, aber hörte den Stimmen zu.

Ahti sagte leise: »Was geschieht da draußen, Thorhall.«

»Ich bin mir noch nicht sicher, Ahti. Aber sicher nichts Gutes. Die Stimmen sagen es mir.«

Es dauert nicht lange, bis das ganze Dorf auf den Beinen war und zum hölzernen Schutzwall drängte. Ahti der nun aus seinem kleinen Fenster sah und sagte.

»Geh. Und sag mir, was sie sehen, Thorhall.« Er sah zu ihm.

»Das werden wir bald erfahren, Ahti. Darüber mach dir keine Sorgen, ich mir auch nicht. Aber ich lass dich nicht allein.«

Es dauerte auch nicht lange, als ein Mob aufgebrachter Leute vor dem Kerker erschien und den Tod von Ahti forderte. Einer stand an vorderster Front. Er hieß Bjarki.

Thorhall stand langsam auf und sagte bedrohlich: »Zuerst müsst ihr an mir vorbei und mich töten.«

Bjarki rief den Leuten anfeuernde Rufe zu, als eine Stimme von hinten befehlend rief: »Aufhören und zwar sofort.« Die polternden Rufe kamen von Thorgrimm, einem erfahrenen, alten Krieger, den Thorhall bei der Ankunft kurz gesehen hatte. Er zwängte sich durch den Mob und stellte sich neben Thorhall.

Thorgrimm zog langsam sein Schwert und rief dem Mob zu: »Nun stehen zwei Männer gegen euch. Kommt und versucht es nur.« Durch dieser Verwirrung drang eine jugendliche Stimme. Es war Arne, der Königssohn.

Dicht hinter ihm stand Bolgar. Bereit den Königssohn zu verteidigen.

Arne rief laut: »Geht nach Hause und glaubt mir, Leute. Der Gefangene, der den Namen Ahti trägt, hat weder Schuld auf sich geladen noch hierher gebracht. Er hat mir mein Leben gerettet. Dafür stehe ich ein und auch ich werde sein Leben bis zu meinem Tod verteidigen.« Er stellte sich, wie Bolgar, neben Thorhall und Thorgrimm. Der Mob begann unter sich zu tuscheln, doch Bjarki feuerte sie erneut an.

Dann rief Hakon: »König Björn kommt. Zur Seite, Leute. Macht Platz.« Der Mob drehte sich erstaunt um und wich langsam zur Seite.

Hakon trat an die Seite der Verteidiger und sagte laut: »Auch ich werde für Ahtis Freispruch und sein Leben kämpfen.«

Der König sah alle an und sagte amüsiert: »Wollt ihr eine Revolte gegen mich anzetteln? Ihr paar wenige. Ich entscheide, was mit diesem Unglücksbringer geschieht und darüber werde ich noch heute entscheiden.«

Arne trat selbstbewusst einige Schritte vor und sagte entschieden: »Ich habe schon gestern versucht, dir alles zu erklären, Vater. Ohne Ahtis Hilfe und die des Bauern wäre ich nicht mehr hier und am Leben. Nicht wie dein feiger Finn und sein Bruder Sigurd, die uns verlassen haben. Mir ist es recht ... sind sie nicht mehr hier. Nur schade, dass wir ihre geschundenen Körper nicht gesehen haben. Darum muss Ahti die Freiheit erhalten – und zwar sofort.«

König Björn, erzürnt von den Worten seines Sohnes, tobte und schlug zu. Sein Faustschlag traf Arne im Gesicht und ließ ihn seitwärts taumeln und zusammenbrechen. Er blieb kurz liegen. Bluthustend stand er wieder auf und trat erneut vor seinen Vater.

Björn packte seinen Sohn am Hemd und rief voller Jähzorn: »Finn und Sigurd waren treue Gefährten und mir treu ergeben. Beschmutze ihren Namen nicht, Junge.«

Arnes Mut war erstaunlich groß, wie er schon bewiesen hatte. Er spuckte sein Blut aus Nase und Mund seinem Vater entgegen. Riss sich los und rief: »Nein. Beide. Ich spucke auf sie. Es waren verfluchte Feiglinge.« Erneut schlug sein Vater zu und ließ Arne nach hinten taumeln. Bolgar fing Arne auf und stellte ihn auf seine Beine.

Er sagte leise zu ihm: »Genug jetzt, Arne, und der Bauer hat einen Namen. Er heißt Thorhall Helgison.«

Arne blickte ihn mit seinem blutigen Gesicht an und verneigte sich mit den Worten leicht vor ihm: »Ich danke dir aus meinem Innersten für deine Hilfe, großer Thorhall Helgison. Ich stehe in deiner Schuld.«

König Björn sagte: »Vor kurzem ist auch mir dein Name zu Ohren gekommen. Du bist Thorhall Helgison? Der Held von Hafrsfjord, wie erzählt wird?«

Der Bauer nickte leicht, seinen Speer fest umklammert. Björn nickte ihm zu, doch da waren vom Tor her Hörnerrufe zu vernehmen. Wohl Hörner von Bauern, die zu

Vorsicht riefen. Björn drehte sich um und sagte darauf.

»Wir sprechen später weiter.«

Er drehte sich ab und tat einige Schritte, um dem Ruf nachzugehen.

»Dieser Zauberer bleibt im Kerker«, sagte er kurz über Ahti, dann wurde das Tor geöffnet und ließ die aufgebrachten und verstörten Bauern ein. König Björn bat alle in seine Halle, um es zu besprechen.

Thorhall sagte zu Hakon leise: »Geh und höre im Versteckten zu, was diese Bauern zu erzählen haben. Vorstellen kann ich es mir. Aber ich brauche Gewissheit.«

Hakon nickte und zog sich zurück.

Später kam Hakon zurück und erzählte. »Die Bauern berichteten vom Verlust ihrer Rinder, die sie mit abgeschlagenen Köpfen auf den Feldern auffanden. Doch dies war nicht alles. Das Fleisch an ihren Körpern war schwarzbraun verfärbt und stank. Nicht nach Verwesung. Nein, wie verfaulte Eier. Sie mussten ihr Vieh verbrennen. Alle. Was so viel bedeutet ...«

Thorhall nickte ernst. »Zu wenig Nahrung für den kommenden Winter.«

Hakon nickte. »Das habe ich mir gedacht. Nur was noch schlimmer ist: Nun beginnt der Albtraum.«

»Albtraum?«, fragte Hakon.

Thorhall nickte ernst: »Alle Männer, die zu dir und der Königin stehen ... macht euch bereit, aber haltet euch zurück. Niemand soll nur den geringsten Verdacht schöpfen.«

Hakon wollte gehen, als in Thorhall zurückhielt.

»Was ist außerhalb der Palisaden zu sehen, Hakon.«

Hakon sah ihn an.

»Auf dem Feld und der Straße liegen die abgeschlagenen Tierköpfe.« Er verließ sie.

Auch Bolgar zog Arne mit sich: »Ich bringe dich zur Heilerin.« Thorgrimm blieb stehen und scheuchte die Letzten fort.

Dann sagte er zu Thorhall: »Wenn du wirklich dieser Thorhall bist, von dem man spricht, dann danke ich dir für meines Vaters Leben. Er kam schwer verletzt zurück und berichtete von der Niederlage. Er erwähnte deinen Namen und dass du ihn, verletzt wie er war, aus der kalten See gezogen hast und er mit deiner Hilfe überlebte.«

Thorhall sah ihn an. »Diesen Tag vergesse ich mein ganzes Leben nicht mehr. Die Götter, für die wir in diesen Krieg zogen, standen nicht an unserer Seite und ließen uns ausbluten. Nun regiert das Kreuz im Land.«

Er blickte Thorgrimm an und sagte: »Verzeih mir. Aber ich kann mich nicht an seinen Namen erinnern, wie viele andere auch nicht mehr. Es war ein schrecklicher Tag, ein Tag wie das Wetter. Viele führende Jarls starben und alles versank in Blut und sinkenden Schiffen. Unsere Träume auch.«

Thorgrimm nickte bestürzt, wandte sich ab und ging.

Ahti sagte durch sein vergittertes Fenster: »Du bist wirklich ein Kriegsheld, wie ich hörte?«

Thorhall drehte langsam seinen Kopf zu Ahti: »Was ist für dich ein Held, Ahti?« Er sah ihn an. »Ich gebe dir die Antwort darauf. Sie sind tot. Nein. Ich bin kein Held, Ahti. Ich war nur ein Kämpfer der Glück hatte und überleben durfte.«

Ahti lachte leise: »Eine bescheidene Antwort für einen Helden, aber dies kommt dir und deines Standes gleich. Die Bescheidenheit. Ich schätze dies und das machen Helden für mich aus.« Ohne weitere Worte setzte er sich und lehnte an die Zellenwand mit einem Seufzer.

Es waren Stunden vergangen, als Hakon und Bjarki zusammen eintrafen. Hakon nickte Thorhall zu, während Bjarki die Zellentüre öffnete und Ahtis Fesseln löste.

Hakon sah Thorhall an und sagte: »König Björn will mit euch sprechen. Folgt uns.«

Sie führten sie in seine Halle und vor seinen Hochsitz, wo er sie schon erwartete. Neben ihm saß Königin Birghir. Ihr Gesicht blutunterlaufen – sie saß schweigsam da. Björn winkte und Bjarki stieß Thorhall und Ahti nach vorn. Als beide vor ihm standen, schmunzelte er leicht und sagte: »Der Hexer und der Kriegsheld. Welche Freude!«

Er sah in die Halle. »Ihr habt geglaubt, dass das Treffen mit meinem Weib im Verborgenen stattgefunden hat. Das glaubt ihr vielleicht. Nun wisst ihr es.«

Er zeigte auf seine Frau Birghir.

»Ich musste sie für diesen Ungehorsam bestrafen. Das hätten wir besprechen sollen, dann wäre ihr Gesicht so schön wie am Abend zuvor anzusehen.«

Er lachte verächtlich und amüsiert: »Also, ich fasse zusammen. Ahti, der Hexer, wie sein Vater auch. Er brachte das Übel zu uns. Doch wie es scheint, hältst du eine schützende Hand über ihn?« Thorhall nickte wortlos.

Verwirrt über die Wortlosigkeit sagte Björn: »Keine verteidigenden Worte für deinen Schützling? Nur Kopfnicken?«

Thorhall nickte erneut. Ohne Worte. König Björn seufzte.

»Du … als solch ein Held sagst nichts? Verwundert mich etwas.«

Er sah zu Ahti und sagte: »Dann zu Ahti. So leid es mir tut. Dein Urteil wird morgen vollstreckt. Dein Kopf wird abgeschlagen und verbrannt. Das Urteil: Hexerei.«

Die Tür der Halle flog plötzlich auf und jemand rief: »Dein Sohn Arne, König.«

Björn blickte zu ihm und sagte: »Ohhhh. Mein Sohn. Komm näher, Arne.« Er sah ihn an und lachte erfreut.

»Du siehst gut aus mein Sohn. Kannst du sprechen. Ich hoffe, ich habe nicht deinen Kiefer gebrochen. Für deine Frechheit mir gegenüber.«

Arne verneinte, als sein Vater sagte: »Dann habe ich eine Aufgabe für dich. Eine ehrenvolle noch dazu. Du wirst morgen der Scharfrichter von Ahti sein.« Arne sah seinen Vater mit kalten Augen an.

Spuckte vor ihm auf den Boden.

»Das kannst du selbst erledigen, Vaaater. Ich werde es sicher nicht machen und einen meiner Retter hinrichten. Komm lieber und sieh, was um uns geschieht. Dieses unnatürliche Schauspiel.«

Er zeigte auf beide und schwor: »Wage es nicht, dass einem dieser beiden Männern ein Haar gekrümmt wird. Das sage ich dir zum letzten Mal. Und niemals wirst du meine Mutter mehr schlagen. Nun komm und sieh selbst, was um uns geschieht. Bist du auch Manns genug, um die richtigen Befehle zu geben, Vater?«

Ohne weitere Worte verließ er die Halle und schlug die Tür hinter sich zu.

Björn versuchte zu lächeln: »Mein Sohn. Entschuldigt ihn. Sein Trotz erinnert mich an mich, als ich noch jung war. Im Inneren ist er ein guter Mensch.«

»Besser und aufrichtiger als du.« Birghir sprach deutlich hasserfüllt.

Er sah sie an. Doch sein Blick … er sprach Bände.

»Schweig Weib!« Er stand auf und ging.

STURHEIT

König Björn erhob sich aus seinem Hochsitz, wortlos folgte er seinem Sohn. Bjarki wusste nicht, was er nun machen sollte.

Thorhall sagte: »Lass uns sehen was da draußen passiert, Bjarki. Fliehen können wir sowieso nicht.«

Er nickte und zusammen gingen sie nach draußen, um dem Spektakel zuzusehen. Wolkenformationen zogen an ihnen vorbei. In allen Farben, die das Sonnenlicht hervorbrachte. Die Farben glühten am Firmament, und es wurde merklich kälter. Von Minute zu Minute. Man konnte den Hauch vor dem eigenen Mund sehen.

»Als herrschten Minustemperaturen und das Anfang Herbst«, sagte Ahti.

Thorhall nickte ernst. »Viel zu früh für diese Jahreszeit. Da gebe ich dir recht. Etwas wird heute Nacht passieren.«

Er sah Ahti an, legte seine Hand auf seine Schultern. »Bleib in meiner Nähe, was auch geschieht. Sonst kann ich für dein Leben nicht garantieren.«

Ahti sah ihn an. »Wie kann ich mich verteidigen, Bauer Thorhall?«

Er nickte schmunzelnd. »Ja, das stimmt.« Er fasste an seinen Rücken und griff an das Heft. Zog die Klinge hervor und überreichte sie Ahti.

67

»Nimm meine Skramasax. Pass aber darauf auf, Ahti. Sie liegt mir am Herzen.«

Er verneigte sich.

»Das werde ich. Mein Versprechen, mit meinem Blut.«

Ein paar Räume entfernt sah König Björn erstaunt über das Naturschauschauspiel und versuchte zu lachen.

»Nur Wetterbedingungen, meine Freunde. Nichts, um das wir uns Sorgen machen müssen.« Er sah sich noch mal um und wollte an der nächsten Stelle an einer Leiter heruntersteigen.

Doch Arne rief ihm zu: »Dann sieh hin, Vater. Wer sind diese Kreaturen, die sich uns im eiskalten Nebel nähern?«

Er sah, wie sein Sohn am Ende der Leiter stand und ihn von oben ansah.

»Komm und sieh selbst, was sich vor deinem Tor abspielt und erkläre es mir.« Björn stieg wieder hoch und sah auf den aufziehenden Nebel.

Verwundert sagte er: »Was geschieht da draußen?«

Arne wusste es nicht. »Dieser eiskalte Nebel hat uns verfolgt, seit Finn den Birkenwald nicht betreten wollte. Aus Angst. Erst bei Thorhall fanden wir einen Platz, der Wärme und Sicherheit bot. Doch das Übel fand uns bei ihm und griff uns an. Diese Nacht war ein Albtraum, Vater. Ein Arm griff nach mir und versuchte, mich hochzuziehen. Glaube mir endlich. Irgendetwas da draußen verlangt Rache. Nur für wen oder für was – und warum griff er nach mir. Vielleicht hast du eine Antwort dafür, Vater.«

Björn sah wie erstarrt hinauf. Sein Gesicht war nun kreideweiß und er stammelte fast. »Zehn Jahre. Nein, das kann nimmer sein.«

Arne sah seinen Vater an. »Was hast du eben gesagt?«

Björn erwachte wie aus einem Traum und sagte streng: »Ich habe nichts gesagt. Du musst geträumt haben.«

Langsam kam der Nebel näher, wie in Zeitlupe. Man konnte auch Gestalten darin sehen. Aber nicht, um wen genau es sich handelte.

König Björn tat es ab und sagte laut: »Es sind nur Trugbilder, wie man sie bei Nebel häufig zu sehen bekommt. Da ist nichts. Aber ihr könnt ruhig weiter in den Nebel schauen.«

Er stieg die Leiter hinunter.

Thorhall sah ihm nach und konnte sehen, wie er Asbjörn am Arm packte und ihn etwas abseits zog. Er sah auch, wie er wild gestikulierte und auf Asbjörn einredete. Es schien eine Art von Nervosität in diesem Gespräch zu liegen. Zu gern hätte Thorhall dieser Auseinandersetzung folgen wollen.

Bjarki hat den Vorfall auch mitangesehen und bemerkte nun, dass er von Thorhall beobachtet wurde.

Bjarki sagte: »Ich habe auch keine Ahnung. Ich bin erst später dazugekommen. Etwas früher als Bolgar.« Thorhall nickte nur. Bjarki drehte sich schnell wieder zurück und gespannt blickte er wieder auf den Nebel.

Es wurde langsam dunkel, ohne dass sich der Nebel genähert hatte. Asbjörn erschien auf dem Wehrgang und

69

teilte die Wachen ein. Alle zwanzig Meter wurde ein Mann postiert. Um die Gefahr des Einschlafens auszuschließen, wurden die Wachen alle nach zwei Stunden ausgewechselt. Thorhall schickte Ahti mit Arne in die Halle zurück, wo er den Königssohn in Sicherheit wusste. Er blieb in der ersten Wache zurück und kehrte nach der Ablösung in die Halle zurück. Die Stimmung war gedrückt. Kaum ein Gelächter. Niemand, der eine Sage erzählen wollte. Es herrschte eine angespannte Stimmung.

König Björn rief: »Bauer Thorhall. Nun haben wir genügend Zeit, um deiner Lebensgeschichte zu lauschen.«

Er sah ihn an.

»Was willst du hören, König? Wie ich mit meinen drei Kühen auf meinem Hof lebe?« Er setzte ein aufgezwungenes Lächeln auf und winkte abwertend ab.

»Nein, Nein. Da sind mir andere Geschichten zu Ohren gekommen. Sie erzählten, du seist ein großer Krieger gewesen. Ein Bootsführer sogar. Das sagen schon deine Waffen und deine Brünne. Ein Meisterwerk. Die dicken Eisenringe so filigran und dicht zusammenzufügen zeugt auf höchster Handwerkskunst. Es wird ein Vermögen gekostet haben. Man sagt, du warst der engste Freund von Seejarl Hauki Haraldson.«

Thorhall nickte und sah sich in der Halle um. »Ich wusste nicht, dass diese Namen bis hierhergebracht wurden. Ja, die Geschichten sind wahr. Doch das ist Jahre her und hat keine Bedeutung mehr für mich. Nun bin ich nur noch der Bauer Thorhall Helgison und lebe in der Abgeschiedenheit.«

Björn nickte ihm zu.

»Bescheidene Worte für einen solchen bekannten Mann, den sie ›Held vom Hafrsfjord‹ nennen. Ich frage mich, was hinter diesem Mann steckt. Warum er alles aufgab. Seinen hohen Stand … und warum er Bauer wurde.«

Thorhall setzte sich und fasste einen Krug und einen Becher. Füllte sich selbst das golden leuchtende Ale ein und trank ihn aus. Er schlug den leeren Becher auf den Tisch, sodass er auseinanderbrach, und sah den König an.

»Bist du sicher, dass du meine Geschichte erfahren willst?« Björn nickte ernst.

»Sonst glaube ich nichts mehr, was erzählt wird.« Er sah ihn an. Dann erhob er sich.

»Ja. Mein Name ist Thorhall Helgison und ich war vor Jahren ein Bootsführer von Jarl Hauki Haraldson. Wir zogen jedes Jahr gegen das Land auf der anderen Seite des Meeres, das Danelag genannt wird. Auch heerten wir auf der grünen Insel, die dahinter liegt. Wir trugen Kisten mit Gold, Silber und Edelsteinen auf unsere Schiffe. Unser Ruf eilte uns voraus, wenn unsere schlichten roten Segel am Horizont auftauchten. Das verhieß nichts Gutes. Wir waren die Wölfe auf See. Wer sich uns entgegenstellte, ging unter. Jeden Herbst kehrten wir reich belohnt zurück. Mein Jarl Hauki war ein enger Freund von Jarl Rögenvaldr Eysteinsohn. Er war das Oberhaupt über das Gebiet von Möre und hatte viel Einfluss auf Hauki. Wir waren zum alljährlichen Fest zur glücklichen Heimkehr geladen und nach den Tributzahlung feierten wir, als Rögenvaldr einen Gast vorstellte: Harald Hárfagri, der später auch angeblich König über das ganze Land wurde. Er sprach zu uns und wollte uns zum Christentum führen und bat uns um Hilfe. Die Ablehnung war sehr groß unter den Männern. Unterstützung ja, aber Glaubenswechsel … nein. Was er nicht goutierte. Er hielt eine feurige Ansprache, um uns umzustimmen. Doch nicht an diesem Abend, wo alle auf eine glückliche Heimreise und ihr Leben tranken.

Es vergingen Monate, als unser Jarl Hauki uns zusammenrief. Mich und seine weiteren vier Bootsführer. Wir dachten, es ging um den nächsten Feldzug. Doch darum ging es ihm nicht. Er wollte in Zukunft uns nur noch an seiner Seite wissen, wenn wir den Glauben wechselten. Erkel gab nach und schwor, sich dieser Taufe zu unterziehen und wollte auch auf diesen Hárfagri schwören. Nach kurzem Zögern willigten auch Hallbjörn und Svartkell ein. Nur Grimkell und ich weigerten uns.

Hauki nahm unsere Haltung mit Bedauern zur Kenntnis, wollte uns aber beim nächsten Feldzug als Bootsführer trotzdem dabeihaben. Zum letzten Mal. So machten wir die Schiffe bereit und segelten direkt zur grünen Insel. Nach drei Monaten voller Erfolg kehrten wir zurück. Doch Grimkells und mein Hof, die außerhalb von Haukis Siedlung lagen, waren zerstört. Alles war niedergebrannt. Das Leben war gestorben, Familien nicht auffindbar.

Ich stieg in ein kleines Ruderboot, das versteckt im Schilf lag, und segelte zu Grimkell. Er saß am Strand und weinte. Auch bei ihm das gleiche Bild. Alles niedergebrannt und verlassen. Nur bei ihm war ein großer Erdhügel errichtet worden, in dem alle, die sich nicht taufen ließen, nun erschlagen ruhten. Ich riss ihn aus seiner Trauer und konnte ihn überreden, mit mir zu kommen. So flüchteten wir über die Berge. Bis wir zu Jarl Eirik, König von Hordaland, kamen. Er nahm uns auf und war stolz zwei so mächtige Bootsführer von Hauki an seiner Seite zu wissen.

Mit ihm und vielen anderen zogen wir gegen den neu ausgerufenen König Harald Hárfagri. Grimkell und ich gegen Harald und unsere alten Freunde. Doch der Ausgang der Schlacht ist allen bekannt. Grimkell verlor dabei sein Leben und ich konnte mit anderen flüchten. Ich wollte von all dem nichts mehr wissen. Ruhm, Gold und Silber. Ich suchte mir einen abgeschiedenen Ort, wo ich den Rest meiner Tage verbringen wollte. Dort baute ich mir ein standhaftes Haus. Auf einem Viehmarkt suchte ich drei Rinder aus und zog mit ihnen in mein neues Heim. Jedes Rind erhielt den Namen einer meiner drei verlorenen Töchtern. Ich lebte zufrieden und in Ruhe auf dieser Hochebene. Ohne Zwischenfälle … bis vor einigen Tagen, als uns das Grauen besuchte.«

Alle hörten ihm gespannt zu. Ein Tischnachbar reichte Thorhall kopfnickend einen neuen Becher.

Björn sagte: »Gut, fürs Erste reicht mir das, da mir einige Namen bekannt sind. Was mich erstaunt ist … alle sprechen von diesem Grauen. Was soll es bei uns? Verfolgt es dich eventuell, Thorhall.«

Thorhall lachte laut und sagte: »Ich glaube, ihr, König Björn, habt damit zu tun. Warum haben sie versucht, deinen Sohn zu ergreifen – und nicht Ahti, Bolgar, oder mich? Warum haben sie Finn und Sigurd erschlagen und mit sich genommen? Und so viel mir zu Ohren gekommen ist, fehlt noch ein Mann aus deiner Truppe? Wird morgen noch mal einer fehlen? Oder zwei? Du siehst. Fragen, die dich betreffen. Nicht die Bevölkerung. Ihnen wird nur das Vieh geschlachtet. Sie bleiben dabei am Leben. Es betrifft nur deine Männer und dich. So sehe ich das.«

Gemurmel ging durch die Reihen und viele nickten Thorhall zu. Da trat Björns Sohn Arne ins Licht und sagte mit fester lauter Stimme: »Vater, erzähl mir von Mutters erstem Sohn und seinen Freunden. Was geschah mit ihnen? Angeblich kehrten sie mit dir nicht zurück. Was war vorgefallen, damals?«

Björn fühlte sich in die Enge getrieben und wütend schrie er: »Schweig, Arne.«

Mutig blieb Arne vor seinem Vater stehen. »Warum erzählst du uns deine Geschichte nicht?«

Voller Jähzorn schnellte er hoch und drohte seinem Sohn mit erhobener Faust und wollte zur Tat schreiten, als Königin Birghir rief: »Halt sofort ein. Arne hat recht.«

Doch weiter kam sie nicht, da die Eingangstüre der Halle aufgestoßen wurde.

Asbjörn stürmte blutend herein und sagte zu seinem König: »Zuerst war Holger lautlos verschwunden. Niemand hatte etwas gesehen oder gehört. Aber von ihm fehlt jede Spur. Ich habe alle aufgefordert, wachsamer zu sein. Doch der Nebel ist zu dicht. Ich erkannte, wie Borger mit einer Fackel versuchte, in den Nebel zu sehen. Da packte ihn etwas und versuchte, ihn über die Palisade zu ziehen. Ich rannte zu ihm und rief um Hilfe. Ich konnte erkennen, dass eine schwarze Hand sich in seinen Mantel verkrallte und ein dünner schwarzer Arm versuchte, ihn über die Mauer zu ziehen. Mit Sigwarts Hilfe hielten wir ihn fest auf unserer Seite. Dann sagte hinter Sigwart eine gebrochene Stimme so etwas wie: ›Nun kommt die Zeit der Rache‹. Ein Schwert schlug zu und Sigwart fiel tot um. Und diese verwesende Kreatur warf ihn achtlos über die Palisade. Borger zog sein Schwert, doch eine Klinge aus dem Nichts schlug seinen Kopf ab. Auch er wurde achtlos über die Brustwehr geworfen. Dann sagte die Gestalt zu mir: ›Asbjörn, du wirst diesem König sagen, dass wir hier sind. Nun geh mit meinem Geschenk.‹ Er schlug zu. Seine harten Fingernägel sind an mir zu sehen.«

Jeder sah, wie aus vier langen, tiefen Wunden Blut über sein Gesicht floss.

Asbjörn sagte: »Komm und sieh selbst, Björn. Der Nebel steht nicht mehr außerhalb der Siedlung. Er wabert

75

nun auch in der Siedlung. Man sieht kaum die Hand vor Augen.«

Björn, nun außer Fassung, stieg von seinem Hochsitz. Wortlos sah er seinen Freund an und etwas schwankend und verwirrt näherte er sich der Hallentüre und zog sie auf. Er sah in das undurchdringliche Grau. Der eiskalte Nebel schien ihn zu schlagen und ließ ihn schwer atmen.

Er schrie in diesen wabernden Nebel: »Was willst du von mir und meinen Männern?«

Es geschah zuerst nichts. Nur Nebel, der dicht vor der Halle lag und nicht zuließ, dass man das nächste Haus sah.

Björn schrie erneut in das wabernde Undurchdringliche hinaus: »Ich stehe hier. Ich, König Björn. Was willst du von mir.«

Die Ruhe und Stille raubte fast allen den Verstand und die, die mit ihrem König an der Tür standen, hörten langsam schleifende Schritte, die sich ihnen gemächlich näherten.

»Björn!«

Die Ersten hörten den schwachen Ruf. Der Ruf tönte wie von einem gebrechlichen Mann gesprochen. Die langsamen Schritte kamen immer näher. Erklommen die wenigen Stufen, als kurz der Nebel wich und die Gestalt freigab. Björn erschrak und wich etwas zurück. Andere wandten sich entsetzt ab.

Björn sagte verstört: »Finn. Wie siehst du aus?«

Finn nickte. »Ja, ich bin es. Dein alter Gefolgsmann. Sigurd ist auch hier und steht hinter mir.«

Björn sagte verstört: »Du siehst aus, als wärst du seit Jahren in einem Grab gelegen. Deine Muskeln sind eingefallen. Dein Fleisch hängt an deinen Knochen und ist blauschwarz und riecht nach Verwesung.«

Finn nickte. »Unsere Freveltat hat uns nun eingeholt, mein Jarl. Mich und meinen Bruder etwas früher. Wie auch Ole, Holger und Sigwart. Sie sind nun auch bei uns. Und dies wird dich und die Letzten, die damals dabei waren, auch erreichen. Darum bin ich hier und muss dir ausrichten, dass der Erstgeborene von Königin Birghir ... Sven mit Namen ... Sven verlangt nun Wiedergutmachung für deine Tat an ihm und seinen Freunden, du hast das befohlen, damals. Du sollst mit den Letzten morgen Nacht auf die Ebene treten. Für ein letztes Zusammentreffen. Dann wird der Fluch aufhören. Wirst du es nicht tun, dann wird weder Vieh verschont noch andere Menschen, die damit nichts zu tun gehabt hatten.«

Björn versuchte, seiner Stimme Herr zu werden. Zittrig sagte er: »Er kann mein ganzes Gold haben, das ich besitze ...«

Finn unterbrach ihn und zeigte auf ihn: »Hast du mich nicht verstanden, Björn? Du bist es, der den Fluch verursacht hat. Darum sind wir seine Gefangenen und müssen es erdulden. Es hört erst mit deinem Tod auf. So lange sind wir Untote und das Grauen, das die Nacht zum Fürchten bringt. Mit deinem Tod sind wir wieder frei. Darum folge dem Befehl, den dir Sven durch mich überbringen lässt.«

Nun bebte Björns ganzer Körper. Er zitterte leicht und der Schweiß lief an ihm herunter. Finn zog sich zurück. Als er an der letzten Stufe noch mal stehen blieb, sagte er: »Erlöse uns von diesem Unheil, König Björn. Und komm morgen Nacht auf die Ebene mit den Letzten, die damals dabei waren. Sonst bin auch ich nicht mehr dein Gefolgsmann und werde dich verfolgen, bis du tot bist.«

Diese Drohung war wie ein Faustschlag in Björns Gesicht und er taumelte einige Schritte zurück. Mit Finns schleppenden Schritten, wich auch der Nebel, als würde er ihm folgen. Betretene Stille herrschte und alle sahen ihren König an. Sie wollten nun die Wahrheit erfahren. Hatte es sich so zugetragen, was seit jeher gemunkelt wurde?

Schwankend und ohne Hilfe der Anwesenden schleppte sich Björn zurück. Setzte sich auf seinen Hochsitz und sah um sich. Was er sah: bohrende Blicke der anwesenden Frauen und Krieger. Die Stille schien zum Bersten nahe. Außer dem Knistern des Langfeuers herrschte Totenruhe. Die Blicke nur auf ihn gerichtet.

Er schrie es mehrmals heraus.

»Was wollt ihr von mir? Ich bin der König hier.«

Arne trat aus der Menge und zeigte auf seinen Vater.

»Du bist angeschuldigt worden, Vater. Wie ich richtig verstehen konnte, hast du mit deinen Schergen diesen Fluch auf uns alle geladen. Nur stimmt die Anschuldigung? Habt ihr meinen Halbbruder … also Sven und seine drei Freunde erschlagen? Und sie womöglich verscharrt in diesem Birkenwald, bei dem sich Finn weigerte, ihn zu durchqueren?«

Björn sah seinen Sohn giftig an: »Willst du auf diesen Thron und mich davonjagen. Dann sage ich dir. Du bist viel zu jung. Dir würden Krieger fehlen, die zu dir stehen würden.«

Arne sagte ernst. »Nein. Das will ich noch nicht, Vater. Ich will nun endlich Antworten auf die Frage, was damals vorgefallen ist, und ich will, dass dieser Fluch aufhört. Schon des kommenden Winters wegen. Uns fehlen jetzt schon Lebensmittel.«

Hinter Arne wurden Stimmen lauter, die nun auch klärende Worte verlangten und Arne unterstützten. Bolgar und Thorgrimm standen nun schützend an Arnes Seiten.

Bjarki stellte sich hinter Arne und sagte ernst: »Drei erfahrene Krieger hast du schon an deiner Seite, die dich jetzt schon schützen, und wie ich Hakon kenne, ist dies dein vierter Mann.«

Arne nickte. »Danke euch für eure Hilfe.«

Bolgar nickte ihm zu. Da wurden die Stimmen immer lauter, die riefen: »Was geschah damals mit Birghirs Sohn und seinen drei Freunden. Erzähle uns die Wahrheit!«

Königin Birghir trat ein und sagte zu ihrem Gemahl: »Erzähl uns nun die Wahrheit. Für mich bist du eh nur ein Schwein, und ich hatte dich immer in Verdacht, meinen Erstgeborenen und seine Freunde umgebracht zu haben.«

Björn, der sich gefangen hatte, stand in seinem Jähzorn auf, holte aus und wollte seine Frau schlagen.

Thorhall schritt ein. »Halt sofort ein, König Björn. Stell dich wie ein Mann und gib deinem Volk den Frieden. Den Frieden, den sie verdient haben, weil sie mit deiner Tat nichts zu tun hatten.«

Björn herrschte Thorhall an: »Schweig, Bootsführer! Deine Meinung ist hier nicht gefragt und verkrieche dich wieder auf deine Hochebene, um dich zu verstecken.«

Björn rief Namen. »Thorkell, Asmundr, Egill. Wo seid ihr?« Und sah sich mit schnellem Blick nach ihnen um.

Thorhall nickte. »Hakon und einige seiner Getreuen haben deine Männer isoliert. Sie werden dich nicht schützen können.«

Björn tobte wild und rief.

»Verrat. Ihr begeht Verrat an eurem König. Das wird sich rächen.«

»Du hast deinen Mann, Finn, gehört. Er verlangt nach euch. Nicht uns.«

Er erhob sich und sagte: »Ihr werdet sehen, was ich zu tun gedenke.«

König Björn verließ die Halle.

AKCION iM NEBEL

Niemand fand den König – und die Nacht brach langsam an. Rund um die Siedlung waberte der Nebel. Die Stimmung sank immer mehr. Angst befiel die Leute zusehends. Die Krieger auf den Wehrgängen sahen gespannt auf das, was vor ihrer Siedlung geschah. Regelmäßig riefen sie aus, wo der Nebel stand. Nur von König Björn fand sich keine Spur. Thorgrimm stand neben seinen Männern und versuchte, sie aufzumuntern und rief nach Wachsamkeit. Thorhall und Ahti waren auf der anderen Seite, um die Männer aufzumuntern und ihnen beizustehen.

»Es dauert nicht mehr lange und eine lange und tödliche Nacht beginnt«, sagte Ahti zu Thorhall.

Der Bauer sah ihn an. »Doch nicht wir sind es, die sterben. Dafür verbürge ich mich.«

Ahti lächelte. »Mögen unsere Götter uns beistehen, Thorhall.« Er nickte ihm zu und klopfte ihm auf die Schultern. Je tiefer die Sonne sich dem Horizont zuwandte, desto schneller zog der Nebel näher und wurde dichter, bis er mit bloßem Auge fast nicht mehr zu durchdringen schien. Er hüllte alles ein. Mit diesem unnatürlichen Grauen sank die Temperatur merklich. Nun ging es schnell.

Der Nebel brach an der festen Holzpalisade noch ab. Doch er stieg an ihr empor – wie ein Fluss, den man staute. Nur noch wenige Minuten und er würde über die

Palisade schwappen. Von allen Seiten wurden Stimmen laut, die nach dem König riefen. Doch der König zeigte sich nicht. Vor den Toren waren abscheuliche Rufe zu vernehmen, die immer wieder riefen.

»Björn. Herr, wo bleibst du? Erlöse uns von diesem Fluch!«

Doch von Björn war nichts zu sehen. Da ging Birghir schweigsam und allein Richtung Tor. Zuerst wurde sie wegen ihres schlichten Umhangs und der übergezogenen Kapuze nicht erkannt. Erst vor dem verschlossenen Tor, als sie eine Sax drohend der Wache entgegenhielt und nach Auslass verlangte, wusste man, wer da stand.

Man hörte die entsetzten Rufe der Männer. »Nein wir lassen unsere Königin nicht ungeschützt durch dieses Tor.«

Sie drückte die scharfe Klinge an den Hals eines Mannes. Schnell wurde das Tor einen Spalt geöffnet und schon schlüpfte sie hindurch und ging zielstrebig in den Nebel. Stimmen, die nach ihr riefen, wurden laut. Thorhall und Ahti hörten es und rannten auf dem Wehrgang Richtung Tor und sahen noch kurz, wie der Nebel sie langsam verschluckte.

Ahti raunte entsetzt. »Was hat sie vor?«

Thorhall sagte: »Vorstellen kann ich es mir. Sie sucht nach ihrem Sohn. Nach Sven.«

Entsetzt sah ihn Ahti an. Was man noch schwach erkennen konnte: Ihr Schatten näherte sich. Bei genauem Hinhören waren ihre schwachen Rufe zu hören, die immer wieder nach Sven riefen.

Dann war Björn zu sehen. Er zog seinen halb bewusstlos geschlagenen Sohn hinter sich her. Arnes Gesicht war bis zur Unkenntlichkeit geschlagen worden, Blut lief ihm über sein Gesicht. Björn öffnete selbst das Tor und warf seinen Sohn in den Nebel, wobei er fast schon hysterisch lachte. Die Männer der Wache versuchten einzuschreiten und wollten diese Tat vereiteln. Aber als Björn sein Schwert aus dem Leib eines der Männer zog, wichen sie vor ihm zurück. Schnell wallte der Nebel um den jungen Königssohn und als er wieder wich, war auch von Arne nichts mehr zu sehen. Nun herrschte eine erdrückende Stille. Nichts war mehr zu vernehmen. Keine Rufe mehr. Kein Luftzug zu spüren. Nur unnatürliche Stille. Alle sahen sich an.

Thorhall rief vom Wehrgang herunter: »Öffnet das Tor. Schnell. Der Fluch betrifft nicht uns, nur den König und seine Gefährten.« Die Torwache sah zu ihm hoch.

Der Befehlshaber rief: »Bist du dir sicher?«

Thorhall rief erneut: »Mach endlich. Öffnet die Torflügel und tretet zur Seite. Lasst sie eintreten! Euer König hat nicht den Mut dazu, sich dem Unbekannten zu stellen. Nein. Er opferte sogar seinen eigenen Sohn. Dabei tötete er einen deiner Männer.«

Der Angesprochene nickte ernst. »Und wenn es eine Finte ist? Das Grauen hat auf diesen Moment gewartet, um uns zu überrennen. Das denke ich.«

Thorhall stieg die Leiter herunter: »Suche dir genügend Männer. Treue Männer, die ihre Königin und ihren Sohn

Arne lieben, und bildet hinter der Tür einen Schildwall. Mich lasst ihr aus dem Tor. Ich versuche, eure Königin und ihren Sohn lebend zurückzubringen.«

Er sah Thorhall fassungslos an. »Du willst diese Aufgabe übernehmen? Ein Mann, der mit dem Geschehen hier nichts zu tun hatte. Sag mir ehrlich, Thorhall – oder wer du auch bist – willst du in deinen Tod rennen?«

Thorhall sagte nur: »Mach, was ich dir empfohlen habe. Ich warte hier.« Er nickte ernst und ging. Thorhall nutzte die kurze Gelegenheit und schlich sich aus dem Tor. Außerhalb rief er zu Ahti, der auf der Palisade stand: »Pass ja auf meine Sax auf, Ahti.«

Er sah verblüfft auf Thorhall, der langsam vom Nebel erfasst wurde. »Bist du von Sinnen? Komm sofort zurück, Thorhall!«

Er sah ihn noch winken, als ihn der Nebel ganz verschlang. Zu sich sagte er. »Mir entreißt nur der Tod deine Sax, Thorhall.«

Ahti kniete sich nieder und betete zu seinen Göttern für Thorhalls heile Rückkehr. Er wurde gestört und sah in den Vorhof der Siedlung. Sie bildeten einen Schildwall, der rund um das Eingangstor reichte. Dicht gegliedert. Schilde, die dicht übereinander gehalten wurden, aus dem lange Speere ragten.

Die beiden großen Torflügel wurden geöffnet. Alle waren auf einen Angriff vorbereitet. Doch er blieb aus. Der Nebel wallte vor dem Tor, zeigte aber kein Anzeichen sich zu nähern. Nichts geschah. Ahti blickte gespannt in den Nebel, der sich ständig veränderte. Er zog sich zurück, um sich dann wieder zu nähern. Als Ahti sich wieder dem Nebel zuwandte, war von Thorhall nichts mehr zu sehen noch zu hören. Er rief noch seinen Namen in den gespenstischen und unwirklichen Nebel. Doch es kam keine Antwort.

Über ihm zog langsam der Sternenhimmel auf. Für Ahti vergingen Stunden, wie er glaubte. Es geschah nichts. Das Grauen wallte vor den Toren, ohne Anstalten zu machen einzutreten. Unheimliche farbige Lichter zogen sich durch das Undurchdringliche. Seine Nerven waren zum Zerreißen angespannt. Seine Nervosität stieg bei jedem Herzschlag noch mehr. Plötzlich lauschte er angespannt in die Stille, als er mit scharfen Worten die Nahestehenden zur Ruhe brachte.

»Schweigt endlich. Hört ihr es nicht!« Sie sahen sich an, jeder schwieg und lauschte. Einige fingen an zu nicken und fragten Ahti, um was für unverständliche Geräusche es sich handelte.

»Draughr«, sagte Ahti. »Es sind die Untoten, die sprechen.« Bei vielen lief der Angstschweiß herunter und manch einer fasste seinen Speer fester in seiner Hand und blickte genauer in den Nebel. Das tat auch Ahti und stimmte leise seinen hoffnungsvollen, schützenden Zaubergesang an. Doch es geschah nichts. Nur die zerreißende Ruhe und Ungewissheit.

Nach Stunden deutete sich eine Veränderung an. Die Lichter im Nebel zogen sich zusammen und näherten sich der Siedlung. Langsam, aber stetig.

Ahti rief den Männern zu: »Etwas wird in Kürze geschehen. Macht euch bereit.« Im Vorhof wurden die Schilde hochgehoben und übereinandergeschlagen. Speere hindurchgestoßen. Gespanntes Warten auf das Unerklärliche, das sie bald erreichen würde.

Ahti rief zu ihnen herunter: »Sie sind nicht mehr weit vom Tor entfernt.« Die Stimmung war zum Zerreißen angespannt. Was kam da auf sie zu? Welche Gräuel, welche Monstrosität. Was würde sie bald erreichen? Hinter dem Schildwall standen weitere Männer mit Speeren und Äxten. Bereit einzugreifen. Ahtis Blick richtete sich wieder dem Nebel zu. Die unnatürlichen Lichter kamen näher, als sie einige wenige Meter vor der Palisade stehen blieben.

Wie es schien, formierten sich nun vier Lichter und traten immer näher bis vor das offene Tor, wo sie kurz stehen blieben. Wie Ahti sah, wallte der Nebel nun durch das offene Tor, die vier Lichter auch. Doch aus dem Nebel erfolgte kein Angriff.

Thorhall, an seiner Seite Arne gehend, traten heraus. Etwas später, der Nebel zog sich etwas zurück, kam auch Königin Birghir zum vorschein. Sie erhob ihren Arm, griff in den Nebel und zog daraus ihren Erstgeborenen Sohn Sven. Oder was von ihm noch übrig war. Birghir rief den Kriegern zu.

»Senkt sofort die Waffen. Mein Sohn wird euch nichts antun. Das hat er mir versprochen. Lasst uns passieren.«

Thorhall stand an der Seite der Königin und ihrem Sohn Sven.

Arne trat an Svens Seite und rief: »Macht, was eure Königin euch befahl.« Schilde wurden gesenkt, Speere auch, doch sie blieben noch fest umklammert in den Händen der Männer.

Dann trat Sven, Birghirs Sohns, einige Schritte vor und mit schwer verständlichen Worten sagte er: »Ich will nicht euer Leben. Nur das von Björn, diesem falschen König. Übergebt ihn mir, das heißt: uns. Mir und meinen drei Freunden. Wir wollen nur unsere Rache. Wie die an seinen Männern, die uns ohne Grund umgebracht hatten.« Die Männer hörten seine Worte; einige warfen ihre Schilde zur Seite und verließen den Schildwall. Andere blieben noch unsicher stehen.

Königin Birghir rief erneut und energisch: »Löst den Schildwall auf. Sofort.« Thorgrimm tauchte auf. Er blieb zwischen der Königin und dem Schildwall stehen. Erhob seine Arme und rief: »Löst den Wall auf. Lasst diesen Sven durch.« Der Rest der Männer folgten seinem Aufruf und langsam löste sich der Wall auf.

Thorgrimm rief ihnen zu: »Dies muss unser König klären.« Die Männer lösten sich, jeder trat zur Seite und sie ließen die vier passieren. Langsam näherten sie sich der Königshalle. Neben ihnen folgten die Männer, die den Schildwall gebildet hatten. Einige misstrauisch, um sofort eingreifen zu können. Die anderen neugierig, was passieren würde. Vor der Königshalle blieb Sven stehen.

Um ihn wallte der Nebel auf und ab. Hinter Sven stellten sich seine drei Freunde.

Sie riefen ständig nach König Björn.

Dann schwangen die beiden Hallentüren auf. König Björn erschien in voller Rüstung und blieb vor der Halle stehen. Links und rechts traten seine letzten verbliebenen Männer an seiner Seite. Ihre Schilde hochhaltend.

Björn rief: »Was willst du Sven? Mein Gold und Silber?« Der Angesprochene versuchte zu lachen. Was zu hören war, schien kalt und ohne Gefühl. Ein heiseres Gurgeln.

Langsam versuchte er, verständliche Worte hervorzubringen: »Dein Gold oder Silber ist für uns nicht von Interesse.« Sein dünner schwarzer Arm erhob sich und zeigte auf ihn und wanderte danach zu beiden Seiten von ihm.

»Ihr. Wir wollen nur euch. Alle von euch. Für eure Freveltat, die ihr an uns begangen habt. Es ist der Tod. Ihr werdet nirgends sicher sein. Erst recht nicht hier. Flucht. Versucht es! Aber deine Männer, die wir schon geholt haben, werden euch folgen. Sie sind von uns mit einem Fluch beladen und finden keinen Schlaf mehr, bis ihr gerichtet seid.«

Björns Männer sahen sich langsam unsicher an. Sie richteten auch Blicke an ihren König. Björn blieb stumm stehen. Unsicher und den Tod vor Augen sanken einige Schilde.

Hinter Sven erhob sich eine Stimme: »Ich spüre deine Schwertklinge noch heute, wie du sie in meine Eingeweiden stießest, Thorkell. Nur warum, frage ich dich …«

Thorkell sah in den leichten Nebel und suchte die Stimme.

Sie trat an den Rand und sagte.

»Ich bin es, Thorkell. Ich. Ingvarr Thorston.«

Links von ihm trat eine weitere schwarze Gestalt hervor. »Mein Name ist Hrani Egillson und ich wurde von dir, Sigvaldr, von hinten mit deiner Axt erschlagen.«

Die letzte Gestalt zeigte sich und sagte mit schweren, langsam gesprochenen Worten: »Ich bin der Letzte von uns vieren, Rjupa Borgerson. Ich warte auf dich, Isleifr, und freue mich auf unser Zusammentreffen. Ich werde dich genauso leiden lassen wie du mich einst. Dir, Kali, sage ich nur: Dein Tod wird kurz und ohne Leiden sein. Das hast du mir damals auch geschenkt.«

Die Angesprochenen tauschten Blicke aus und traten etwas zurück. Sven machte einen weiteren Schritt nach vorn und zeigte noch immer auf Björn.

»Du wirst ganz am Schluss von uns gerichtet, König Björn. Du sollst den Genuss haben, deinen Männer um dich herum beim Sterben zuzusehen. Erst dann werden wir dich für diese Freveltat an uns richten und an einem unbekannten Ort mit all deinen Getreuen verscharren, sodass niemand weiß, wo euer Grab liegt. Eure Namen werden langsam vergessen. Wie unsere Namen. Jahre später werden sich nur noch wenige an euch erinnern. Wie es mit uns geschah. Doch nicht in dieser Nacht, König

Björn. Diese Nacht gehört noch dir und deinen Männern. Eure Henkersnacht.«

Sven rief allen zu: »Feiert. Betrinkt euch nach Herzenslust. Doch nächste Nacht erwarten wir euch alle vor dem Tor. Auf der Ebene. Dann halten wir Gericht.«

Sven drehte sich langsam und versuchte, laut zu sprechen, doch seine Verwesung hinderte ihn daran, als Thorhall an seine Seite trat und ihm zuhörte und später nickte.

Thorhall trat aus dem Nebel und rief der Bevölkerung zu: »Sven, Birghirs Erstgeborener, schwört mit seinen drei Freunden, euch in Ruhe und in Frieden leben zu lassen. Die Bedingung an euch: Euer König und seine Männer müssen morgen Abend diese Siedlung verlassen und ihr dürft nicht einschreiten. Dann ist der Fluch gebannt.«

Es herrschte absolute Ruhe. Königin Birghir trat hervor und an ihrer Seite ihr zweiter Sohn Arne. Beide waren gut zu sehen, als sie dem Volk zurief: »Es wäre mein Wunsch, dass ihr meinem erstgeborenen Sohn Sven Folge leistet. Nichts unternehmt und ihn und seine Männer gehen lasst.«

Arne ging einige Schritte auf die Bewohner zu und sagte, so gut er konnte: »Folgt dem Wunsch meiner Mutter. Ich bitte euch. Auch ich werde eure Hilfe brauchen und hoffe, ihr werdet helfen, meinen Wunsch zu erfüllen. Ich will mit eurer Hilfe einen Grabhügel errichten. Für Sven und seine drei Freunde. Sie sollen mit allen Ehren dort einziehen, begraben werden und ihre letzte Ruhe finden. Auch soll ein Runenstein, der vor dem Hügel errichtet wird, an sie erinnern, um ihre Namen niemals zu vergessen.«

Er ging vor ihnen auf seine Knie und rief laut: »Helft uns, um wieder Frieden zu haben und nicht mehr in Angst leben zu müssen.«

Nach einigem Gemurmel waren die ersten Hochrufe zu hören: »Arne, Arne!«

Aus dem Hintergrund rief Björn: »Dann habt ihr einen neuen König erkoren? Ihr undankbares Pack.«

Königin Birghir trat hervor und sagte laut und wutentbrannt: »An all dem bist nur du schuld. Du und deine Männer. Ihr brachtet hinterhältig meinen Sohn Sven um, seine Freunde auch. Nun kommt alles heraus. Ich und Arne haben ihre wahre Geschichte erfahren. Ich sage dir jetzt: Du und deine Männer werden diese Siedlung morgen Abend verlassen. Danach wird Arne zum König ernannt werden und ich an seiner Seite.«

»Das sagst du. Meine Königin. Wurde ich gefragt?«

Birghir lachte laut und trat in den Nebel. Sven kam aus dem Nebel und sagte: »Björn. Euer Leben ist verwirkt. Ihr werdet sterben. Eure Männer haben ihr Leben ebenfalls verwirkt. Das haben wir vier beschlossen und geschworen. Ergebt euch diesem Schicksal.«

Björn zog sein Schwert und hielt die Klingenspitze gegen Sven, wobei er sagte: »Wir werden euch erneut abschlachten. Wie damals.« Er lachte erfreut.

»Ihr könnt uns nicht töten, denn wir sind schon längst tot. Wir aber … wir können euer Leben nehmen. Denn wir sind der Fluch von euch. Wir Draughr.«

Björn trat etwas zurück und man sah ihm seine Unsicherheit und Angst an. Sven zeigte noch immer auf sie, und er flüsterte Thorhall zu, der seine Worte laut weitergab.

»Sven sagte mir. Wenn ihr versucht, Birghir oder ihrem Sohn Arne etwas anzutun, werden sie die Siedlung stürmen und alle gnadenlos töten. Zum Beweis ihres Lebens werden Birghir und Arne … werden beide morgen Abend auf dem Wall stehen und sich den vieren zeigen. Danach werden Sven und seine drei Freunde euch morgen Nacht auf der Ebene erwarten.«

Björn, der sich wieder gefasst hatte, trat vor seine Männer und sagte ernst: »Noch bin ich König hier und befehle, was geschieht.«

Thorhall trat einige Schritte vor und sagte ernst: »Es tut mir leid, Jarl, aber das seid ihr nicht mehr. Außer ihr wollt, dass Unschuldige getötet werden, und das kann ich nicht glauben.«

Björn blickte ihn hasserfüllt an: »Du … du willst mir sagen, was ich zu tun habe? Du angeblicher Held?«

»Ich. Nein. Das sind Svens Worte. Nicht meine Worte, Björn.«

Björn sah sich um und rief der Bevölkerung zu. »Wer wird noch an unserer Seite kämpfen? Die Belohnung wird sehr hoch sein, die ich euch zu zahlen bereit bin.«

Thorgrimm, der an der Seite stand, trat hervor und stellte sich zwischen König Björn, den Nebel und das Volk: »Was sollen wir uns mit seinem Fluch belasten. Er und seine Männer haben den Mord an den vieren begangen.

Niemand von uns. Warum sollen wir auch dabei sterben? Ich und noch viele andere Krieger werden bei Königin Birghir und ihrem Sohn Arne bleiben und sie mit unserem Leben schützen. Was auch geschehen sollte.«

Er drehte sich der Königin zu und verneigte sich vor ihr. »Ich hoffe, Herrin, ihr nehmt unsere Hilfe an.«

Sie verließ den Nebel und Svens Seite und sagte zu Thorgrimm: »Die Hilfe von dir und den Deinen ist mir sehr willkommen und ich nehme sie gern an.«

Auch Ahti trat hervor und sagte ernst: »Auch ich werde mich an eure Seite stellen und euch dienen, obwohl ich kein Bürger dieser Siedlung bin. Aber ich kann mit Thorhalls Skramasax auch dazu beitragen.« Sven sah ihn an und flüsterte etwas zu Thorhall.

Thorhall nickte und sagte: »Sven dankt dir, Ahti dem Finnen, für den Schutz seiner Mutter und seines Stiefbruders. Er will dir ein Geschenk machen und hofft auf ein neues Bündnis zwischen beiden Völkern. Du sollst vor ihn treten, Ahti.«

Der kam zögernd näher und sah in den verwesenden Kadaver eines Menschen. Er wusste nicht, sollte er sich angewidert abdrehen – oder standhaft bleiben. Thorhall nickte ihm zu. Sven drehte sich. Aus dem dichten Nebel wurde ihm ein Bündel gereicht. Er übergab es ihm mit den Worten: »Für einen tapferen Finnen, den ich schon in Thorhalls Haus kennengelernt habe. Es soll dir gute Dienste erweisen und mein Dank an dich und dein Volk ist gewiss.«

Ahti nahm es dankend entgegen und trat zurück, wobei er sich vor dem Draughr verneigte.

Erneut sprach seine gebrechliche Stimme zu Thorhall, der sie dann laut aussprach: »Sven und die Seinen werden dich morgen erwarten, Björn.«

Dann wich der Nebel langsam zurück und verschwand durch das Tor, um sich auch auf der Ebene langsam zurückzuziehen. Björn eilte ihm nach und einige seiner Krieger folgten ihm um zuzusehen.

Doch als er auf dem Wall erschien und auf die Ebene blickte, wurden leise Stimmen hörbar, die riefen: »Björn. Erlöse uns! Auch Asbjörn. Hilf deinen Freunden Sigwart und Holger. Und tretet an.« Die Stimmung war beängstigend und durch den wallenden Nebel noch unheimlicher.

ENTSCHEIDUNG

Thorgrimm sammelte alle Männer zusammen, die zu ihrer Königin standen, und führte sie und ihren Sohn Arne in ein Gebäude. Mit Bolgar und Hakon wurden die Wachen eingeteilt.

Ahti stand vor der Tür und ließ Thorhall eintreten.

»Was für ein Geschenk hast du von Sven erhalten, Ahti?« Er sah auf das Bündel, das er noch in seinen Händen hielt und folgte Thorhall ins Haus.

»Ich habe keine Ahnung was sich darin befindet.«

Thorhall sah ihn an: »Dann sieh nach. Ich weiß es nicht.«

Er löste das angegriffene und nach Erde riechende Leder und zum Vorschein kam eine lederne Scheide, in der ein wunderschönes Schwert steckte. Thorhall sah mit großen Augen darauf und nickte.

»Ein Schwert, das einem König gleichkommt.«

Er legte seine Hand auf seine Schulter und nickte ernst.

»Ich zolle dir hohen Respekt, Ahti aus dem Volk der Finnen. Du bist ein aufrechter und ehrlicher Mann. Ich bin froh, dich kennengelernt zu haben.«

Ahti schmunzelte und sagte mit schlichten Worten: »Manchmal braucht man einen richtigen, ehrlichen und aufrechten Mann, der einem den Weg zeigt, und den bin ich nun bereit zu gehen.«

Thorhall nickte erfreut und sagte: »Dann setz dich an Birghirs Tisch. Als ein Mann ihrer Garde. Trink auf das Leben und den Tod. Denn der … er steht uns allen bevor.«

Ahti löste seinen dicken Ledergurt. Und zog die ledernen Bänder der Schwertscheide hindurch. Dann übergab er die große lange Sax wieder Thorhall.

»Eine gut ausbalancierte Waffe. Muss ich zugeben und beißen wird sie auf jeden Fall. Das spüre ich. Nun, da ich jetzt ein Schwert besitze, will ich dir deine Waffe gern zurückgeben.«

Thorhall sah ihn an und griff an die Sax. Fasste den Griff und hob sie aus Ahtis Hand. Er nickte ihm dabei zu. Er steckte sie in die leer Lederscheide an seinem Rücken.

Thorgrimm sagte laut: »Thorhall, was hat dich bewogen, nach unserer Königin zu suchen? Erzähl uns davon. Wir wollen es wissen. Alle hier.«

Thorhall erhob sich und sah in die kleine Runde: »Ich habe gesehen, wie Birghir aus dem Tor schlüpfte und in den Nebel trat. Ich wollte ihr nur zur Seite stehen. Ohne Hintergedanken. Ihre Sicherheit lag mir am Herzen. Ich trat in den undurchdringlichen Nebel, der mich sofort umhüllte und zu verschlucken drohte. Ich rief immer wieder ihren Namen in dem Nebel und versuchte, sie zu finden. Dabei hatte ich zuerst das Gefühl verfolgt zu werden. Dann vernahm ich unverständliche Worte, die mich irgendwie leiteten – bis der Nebel sich etwas lichtete. Ich sah sie, wie sie weinend ihren Sohn in den Armen hielt.

Die Draughr ließen mich passieren und eure Königin rief nach mir. Sven sah mich an.

Nun erhob Birghir ihre Hand und sagte: ›Ich hörte Thorhalls Rufe nach mir und sagte meinem Sohn Sven: Er ist keine Bedrohung für euch, Arne, mein Zweitgeborener, dein Stiefbruder auch nicht. Thorhall brachte Arne zu mir zurück.‹«

Die Zuhörer spürten, wie angespannt Birghir und Thorhall immer noch waren, als sie sich an die Begegnung im Wald erinnerte.

»Sven rief seine Freunde«, sagte Thorhall weiter. »Er sah mich an und sagte: ›Bist du nicht der Bauer, der auf der Hochebene lebt?‹ Ich nickte ihm zu und sagte: ›Ja der bin ich. Und mein Haus hat sichtlich schweren Schaden erlitten.‹ Sven zog seinen Arm von der Schulter seiner Mutter und wandte sich mir zu: ›Dein Wohnort scheint ein besonderer Ort zu sein. Du lebst in der Gemeinschaft von Elfen und Zwergen. Wir haben ihnen nichts angetan. Wir suchten nur nach Björns Sohn, Arne. Er sollte unser Druckmittel gegen unseren Mörder Björn sein. Dass dein Haus Schaden genommen hat, tut uns leid. Aber es musste sein. Wir haben mit dir keinen Streit.‹ Das waren seine Worte.«

Birghir sah alle an: »Nun lasst Thorhall auch den Schluss erzählen.«

Thorhall dankte ihr. »Sie erlaubten mir, eure Königin heil wieder hierherzubringen. Dann wurde Arne, halb totgeschlagen, gebracht. Sven tobte darüber vor Wut und rief Verwünschungen aus. Er redete mit seiner Mutter. Diese Worte waren für mich nicht verständlich. Doch unter seinem Schutz und Begleitung brachte er uns hier her zurück.«

Thorgrimm nickte ihm zu und Birghir blickte ernst. »So hat es sich zugetragen und das schwöre ich bei meinem Leben.«

Arne erhob sich, sah in die Runde und sagte: »Alles was gesagt wurde, entspricht der Wahrheit. Mein Vater Björn schlug mich unentwegt unter dem Gelächter seiner Männer. Ich konnte kaum noch auf meinen Beinen stehen, als er mich packte und mich vor das Tor warf. Dort spürte ich, wie mich Hände packten und zu Sven brachten. Ich war halb bewusstlos und lag vor Sven. Er half mir auf die Beine und hob meinen blutenden Kopf, wobei er meinen Vater erneut für diese Tat verfluchte. Er nahm uns zur Seite und dann erzählte er uns, wie Björn ihn und seine Freunde in einen Hinterhalt gelockt hatte, um sie dann bewusst umzubringen. Seine Freunde mussten sterben, da sie Zeugen der Tat geworden wären. Wie sie in dem Birkenwald verscharrt wurden, um nie mehr gefunden zu werden. So war er sich sicher, dass er nun König war und herrschen konnte. Nun, da ich endlich Gewissheit habe, kann und will ich meinem Vater nicht mehr vertrauen. Ich sage dazu nur: Er und seine Männer müssen für diese Tat büßen und geradestehen.«

Die Männer, die am Tisch saßen, schlugen mit ihren Fäusten auf das dicke Holz. Andere nickten und andere riefen seinen Namen. Thorhall flüsterte Königin Birghir zu und sie nickte.

Die Königin erhob sich und rief: »Morgen Nacht werden wir uns nur mit Fackeln bewaffnet vor dem Jarlhaus aufstellen. Wir bilden eine breite Gasse, die bis zum Haupttor reichen sollte. Durch diese Gasse sollen Björn und seine Männer die Siedlung verlassen.«

Alle stimmten zu. Schnell verbreitete sich unter der Bevölkerung die Neuigkeit von König Björns und seiner Männer Mordtat. Das Jarlhaus wurde gemieden; niemand wollte es betreten, solange dieser Mensch hier König war.

Die Sonne wich langsam der kommenden Nacht und senkte sich dem Horizont zu. Mit dem schwindenden Licht zog der erste feine Nebel auf. Von allen Seiten zogen Männer und Frauen Richtung Jarlhaus. Fackeln wurden entzündet und bildeten zu beiden Seiten eine breite Gasse, die bis zum offenen Tor reichte. Stumm standen sie da. Nur ihre Fackeln in der Hand.

Der Nebel wurde immer dichter und aus ihm die Stimmen, die riefen: »Björn! Björn!« Sie wurden immer lauter und fordernder. Dann öffneten sich die Türen des Jarlhauses. Stumm traten die Männer heraus. Am Ende folgte Björn, der sich noch mal umdrehte und in die Halle blickte. Er wusste nur zu gut: Dies war das letzte Mal. Dann zog Björn stumm mit den Männern an den Fackeln vorbei. Alle sahen weder links noch rechts. Kein Wort. So stumm wie sie den Weg durch die Siedlung gingen, so stumm blieben sie kurz am Tor stehen, um dann in den

Nebel zu treten, der sich in den Vorhof drängte. Björn und seine Männer waren im Nebel kurz verborgen.

Dann zog sich der Nebel wieder zurück und alle konnten sie sehen. Björn gab das Zeichen und er ging mit seinen Männern weiter. Sie traten in den Nebel. Schnell und dicht umhüllte er sie sogleich. Verschlang sie regelrecht. Niemand rief einen ihrer Namen zum Abschied.

Thorhall stand auf dem Wehrgang, oberhalb des Tores und sah, wie Björn mit seinen Männern in den Nebel ging.

Da fiel ihm eine weitere Person auf, die wie ein Schatten durch das Tor schlüpfte. Er sah genauer hin und packte Ahti hart am Arm, der sich ihm zuwandte. Thorhall zeigte auf die Person.

»Sage mir, dass ich mich täusche, Ahti.« Ahti erstarrte und stieß hervor: »Arne … das ist Arne, was macht er dort?« Er und Thorhall wollten handeln und ihm folgen, als neben ihnen Königin Birghir ruhig sagte: »Thorhall, Ahti. Es ist alles so, wie es sein sollte. Sven hat Arne Sicherheit zugesagt. Er will sich an seinem Vater rächen und wissen, dass er nie mehr zurückkehrt.«

Sie stand mit den beiden ganz nahe an der Palisade und rief laut und deutlich: »Sven, mein Erstgeborener, und ihr, seine Freunde. Nun kommt und richtet.« Alle eilten zum Tor oder auf den Wall, um etwas zu sehen oder zu hören. Doch es blieb still.

Zu Anfang hörte man noch die Schritte von Björn und seinen Männern. Dann herrschte Ruhe – bis ein Brausen zu vernehmen war. Wie von einem Herbststurm. Er brandete an der Palisade ab und schoss hoch. Die Stärke ließ manche einen Schritt zurückweichen. Er drückte den Nebel kurz durch das Tor. Alle, die von oben sehen konnten, erhaschten einen kurzen Blick auf Björn und seine Männer, die im Schildwall standen und sich unsicher bewegten. Dann zog sich der Nebel noch mehr zusammen und blieb wie eingefroren stehen. Erstes Waffengeklirr war zu hören. Ängstliche Stimmen, die nach ihren Freunden riefen so was wie: »Sigvaldr, lebst du noch?« Oder: »Egill, hilf mir!« Dann wurde nur noch der Tanz des Stahls hörbar und verzweifelte Rufe der Männer. Die in ihrem Todeskampf schrien. Das Schauspiel dauerte wenige Minuten.

Bis ein Ruf … ein Ruf der Befreiung durch den Nebel drang. Dann war nur noch Stille, die einen das Blut gefrieren ließ. Es dauerte eine Zeit, als sich vor dem Tor der Nebel etwas lichtete. Sven trat daraus und blieb vor dem Tor stehen. Arne, der an seiner Seite stand, trat auf seine Mutter Birghir zu und verneigte sich leicht mit den Worten: »Es ist vorbei.«

Birghir nickte und zusammen gingen sie zu Sven, der seine verwesenden Arme um seine Mutter legte; er drückte sie an seine Brust.

»Mutter, nach all den Jahren der Schmach habe ich endlich Frieden gefunden. Auch meine Freunde legen sich heute erfüllt und zufrieden in ihr Grab und schlafen den Schlaf des Friedens und für immer.«

Birghir liefen die Tränen über ihre Wangen und sie zog ihren Sohn noch enger an sich: »Du musst eure Grabstelle zeichnen, dass wir sie wiederfinden.«

Sven legte seinen deformierten Schädel an ihren: »Das werde ich, Mutter.«

Birghir konnte sich kaum noch von Sven trennen. Arne näherte sich langsam: »Mein Bruder. Ich werde veranlassen, dass ab morgen euer Grabhügel errichtet wird, um darin und in gebührender Ehre schlafen zu können.« Sven löste sich von seiner Mutter und legte seine Knochenhände auf seine Schulter.

»Bruder. Du bist noch jung, aber auf deine Tapferkeit bin ich stolz. Ich danke dir dafür und ich werde versuchen, dich zu unterstützen. Auch wenn ich nicht mehr hier sein werde. In dir sehe ich eine große Macht, um das Land zu befrieden. Mit unserer Mutter. Zusammen wird ein großes Königreich entstehen. Das glaube ich.«

Arne dankte und sagte: »Sven. Lieber hätte ich dich als Erstgeborenen an der Spitze.«

Sven nickte und trat in den Nebel. Er zog sein blutiges Schwert und hielt es vor sein Gesicht. Hinter ihm kamen seine drei Freunde zum Vorschein. Auch sie zogen ihre blutigen Klingen und dankten so Königin Birghir und Arne.

Der Nebel wich und ließ wieder einen Blick auf das Gelände frei. Das Tor wurde verschlossen und alle folgten der Königin und ihrem Sohn in die Halle, die unter dem Ansturm zu platzen drohte. Alle wollten Genaueres wissen, was auf der Ebene geschah. Arne erhob sich von seinem Sitz und verlangte lautstark nach Ruhe; die nur zögerlich eintrat.

»Ich will euch die Wahrheit erzählen, wie es sich zugetragen hat. Ich schlich meinem Vater nach, doch Sven erwartete mich schon und führte mich an den grausigen Ort, an dem sie gerichtet wurden. Björn und seine Männer standen in einem Schildwall, den sie zu einem Kreis formten. Man konnte ihre Furcht spüren und wie sie in den dicken Nebel sahen. Den Anfang machte Ingvarr. Er trat vor Thorkell und flüsterte seinen Namen. Thorkell drehte seinen Kopf hastig von einer zur anderen Seite. Doch Ingvarrs Schwert sah er zu spät auf sich zu schnellen. Er ließ sein Schild zu Boden fallen und sein Blick sah auf die breite Klinge, die bis zum Heft in seinen Eingeweiden steckte und sie herausquellen ließ. Die vier spielten mit der Angst der Männer und das ließ sie verzweifeln.

Dann rief Hrani: ›Sigvaldr, sieh auf meine Klinge.‹ Er sah sie nur noch kurz, dann sprang sein Kopf von seinen Schultern und rollte über den Boden. Die Panik erfasste nun alle und sie riefen sich an, als Rjupa zuschlug. Nicht in Todesabsicht, aber so, dass Isleifr aus dem Schildwall fiel. Rjupa zog ihn in den Nebel und ich konnte mir vorstellen, was er mit ihm tat. Er musste auf jeden Fall leiden. Das vernahm ich aus seinem Stöhnen; er bettelte um sein Leben. Doch als Rjupa mit seinem roten Schwert zurückkehrte, wussten alle: Isleifr war tot. Dann trat Rjupa vor Kali. Nickte ihm zu. ›Wie ich es dir versprochen habe. Kein Leid.‹ Kali nickte und senkte seinen Schild und Rjupa stieß sein Schwert in seine Kehle. Kali sackte sofort tot zusammen.«

Angespanntes Schweigen herrschte. Arne erzählte weiter: »Nun fielen alle über den Rest her und erschlugen sie. Am Schluss stand Björn allein zwischen seinen toten Männern, als Sven vortrat und sagte. ›Nun, du feiges Schwein. Nach all den Jahren kommt meine ersehnte Rache an dir.‹ Dann schlug Sven zu und spaltete mit einem Schlag Björns Schild. Björn taumelte zurück, erstaunt über diesen kraftvollen Schlag. Er versuchte, sich zu wehren und wies einige von Svens Schlägen ab, doch er konnte dem Hass nichts entgegenhalten und nach zwei blutigen Treffern sackte er zu Boden. Sven trat näher an Björn heran und sah zu ihm hinunter, dann winkte er mich an seine Seite und überreichte mir sein Schwert. Ich blickte in die fragenden Augen meines Vaters und in seine ungläubigen, aufgerissenen Augen und sagte: ›Für alles, was du mir und meiner Mutter angetan hast.‹ Ich stieß das Schwert in sein Herz und drehte die Klinge. Nachdem ich das Schwert aus dem Leib meines Vaters gezogen und es dankend wieder Sven überreicht hatte, sah er mich an. ›Das hätte ich von dir nicht erwartet. Du tatest es mit einem Herz, so kalt wie das ewige Eis. Auch dein Hass soll nun erloschen sein.‹«

Zuerst herrschte völlige Ruhe, dann kamen die ersten lobenden Rufe, die alle ansteckten, und bald riefen alle: »Arne! Arne!«

Königin Birghir erhob sich ebenfalls und rief: »Lasst uns heute feiern und unser Schicksal neu gestalten. Morgen sende ich Boten aus, die in alle Richtungen und Königreiche gehen sollen und um Hilfe bitten.«

Sie sah sich nach Ahti um. Als sie ihn sah, rief sie ihm zu.

»Ahti. Würdest du das für uns bei deinem Vater machen?«

Ahti verbeugte sich und sagte laut: »Das wäre mir eine große Ehre, Königin.«

Der Abend dauerte bis in das Morgengrauen. Nach wenigen Stunden ging die Sonne auf und wärmte mit den ersten Strahlen. Thorgrimm rief einige Krieger zu sich und zusammen verließen sie die Siedlung. Doch von Björn und seinen Männern war nichts zu finden. Keine Körperteile, nichts. Sie waren einfach verschwunden.

Mit dieser Nachricht trat er auch vor Königin Birghir und ihren Sohn Arne. Birghir sah ihren Sohn an, der sich erhob. »Ihr fandet nichts? Nicht einmal Blutlachen auf dem Boden? Die Leichname haben die Draughr mitgenommen. Das war auch bei Finn und seinem Bruder so. Doch fanden wir ihre Blutlachen.«

Thorgrimm nickte und sagte: »Doch Arne. Blut fanden wir. Aber keine Toten.«

»Wie ich gesagt habe. Die Draughr haben sie mitgenommen.«

Thorhall trat aus dem Hintergrund. »So ist es, junger Jarl König. Niemand wird jemals erfahren, wo Björn und seine Männer ruhen und das ist gut so. Ich für meinen Teil … meine Hilfe endet hier und heute. Du hast eine gute Mutter an deiner Seite. Gute Männer wie Bolgar, Hakon und Thorgrimm. Sie sind erfahren. Höre ihnen zu und lass dich von ihnen beraten. Dann wirst du ein weiser und guter Jarl, dem das Volk folgt und akzeptiert. Doch ich werde euch verlassen und zurückkehren, woher ich gekommen bin.«

Ahti erhob sich ebenfalls. »Auch ich werde euch verlassen und gehe mit Thorhall und begleite ihn ein Stück des Weges.«

Arne sah beide an. »Ihr wollt uns verlassen? Das schmerzt mich bis ins Innerste. Wie kann ich euch belohnen?«

Beide winkten ab.

»Wir wären dankbar, wenn ihr unsere Hilfe einfach annehmt. Denn ich glaube, auch Ahti wollte das … dich, Arne, in Sicherheit wissen. Sonst wäre er in einer Nacht abgehauen und zu seinem Volk zurückgekehrt.«

»Das war meine Mission«, sagte Ahti, »die mir mein Vater aufgetragen hatte: euch zu warnen vor dem Bösen. Nun, die Geschichte nahm eine Wende, die niemand von uns geahnte hatte. Nur muss ich euch ehrlich sagen: Ich will zu meinem Volk zurück und werde euch nun verlassen.«

Thorhall nickte ihm zu: »Dann lass uns gehen, mein Freund.« Thorhall verneigte sich vor Birghir und Arne, drehte sich und machte einige Schritte Richtung der Tür.

Ahti folgte ihm. Hielt inne und sagte zu den beiden: »Ich werde meinem Vater alles berichten und ihn ersuchen, dass er euch Getreide und Fleisch bringt, wie ich es schon versprochen habe.«

Arne erhob sich und sagte mit lauter Stimme: »Ahti. Mein tapferer Finne. Sage deinem Vater auch: Ein Treffen mit ihm würde mich freuen. Vielleicht finden unsere beiden Völker wieder einen Weg. Einen Weg, der beiden Seiten gerecht wird, damit wir wieder friedlich und im Vertrauen miteinander leben können und unser Handel neu beginnt.«

Ahti nickte. »Ich werde es ihm sagen, Jarl Arne. Deine Worte haben mich überzeugt und ich sehe deine Ehrlichkeit in deinen Augen. Du bist noch jung, aber in dir sehe ich einen großen König heranwachsen.«

Dann verließen sie zusammen die Halle. Ihr Weg führte sie zum Tor, das weit offen stand. Beide sahen sich noch mal um zum letzten Blick zurück. Dann zogen sie weiter, auf demselben Weg, auf dem sie gekommen waren.

EPILOG

Der Grabhügel wurde mit Eifer aufgeworfen, dazu bauten sie eine Holzhütte aus dicken Eichenholzbohlen. Die Hütte sollte die letzte Schlafstätte seines Halbbruders und seiner drei Freunde sein. Erde wurde Schicht um Schicht um die Hütte aufgehäuft. Im Inneren der Hütte wurden Tierfelle ausgelegt und vier Schlafplätze angelegt. Vier Betten, die mit Stroh und Schaffellen ausgestattet waren, auf die sie sich legen konnten. Grabbeilagen fehlten auch nicht. Ein Fass mit Ale für die vier Freunde wurde in die Mitte gestellt, ebenso vier Trinkbecher. Brot, Käse und Trockenfleisch legte man neben das Fass. Birghir und Arne waren zufrieden und veranlassten eine Trauerfeier. Einladungen zur letzten Beerdigung von Birghirs Erstgeborenem und seinen Freunden wurden verschickt. Es kamen viele aus den Nachbarländern.

Auch Ahti und sein Vater trafen ein. Kurz darauf erschien Thorhall mit seinem Hund. Arne freute sich, Thorhall und auch Ahti zu sehen, und begrüßte sie persönlich.

»Schön, dass hier ihr seid. Ich danke euch von ganzem Herzen. Es bedeutet mir sehr viel.« Beide standen vor ihm und verneigten sich leicht.

Thorhall sagte: »Eine Ehre für uns beide, zu diesem traurigen Ereignis eingeladen zu werden. Aber wir stehen an deiner Seite, wie damals.«

Arne verneigte sich ebenfalls vor ihnen: »Ohne euch wäre ich nicht mehr am Leben. Der Dank gebührt nur euch. Ihr seid mir bis zu meinem Lebensende treue Freunde und willkommene Gäste.«

Der Herbst strebte schon dem Ende entgegen. Der stürmische Wind ließ die Blätter von den Bäumen fallen. Die Heilerin, die zugleich auch die Völva der Siedlung war, zog mit Arne und seiner Mutter Birghir und ausgewählten Männern Richtung Birkenwald, während die Völva ihren Zaubergesang anstimmte: die Beschwörung des Seidr.

Vor dem Birkenwald blieben alle stehen, außer der Völva, Birghir und Arne. Die drei traten in den kleinen Wald, während die Völva weiter beschwörend sang. Nach kurzer Zeit fand eine Veränderung statt. Vögel flogen erschrocken fort und aus der Erde waren Geräusche hörbar. Das Erdreich begann sich zu bewegen. Hob sich und wurde zur Seite geschoben.

Aus diesen Gräbern standen Rjupa, Hrani, Ingvarr und Sven auf.

Sven fragte: »Wer stört unsere Totenruhe?«

Arne sagte: »Ich bin es, Arne, und an meiner Seite steht deine Mutter Birghir. Wir erweckten euch, um euch in euren Grabhügel zu gleiten, dass ihr für immer in Frieden schlafen könnt.«

Sven nickte ihm zu: »Arne, mein Bruder! Du hast also dein Versprechen eingehalten. Wir folgen euch zu unserer letzten Lagerstatt.«

Zusammen verließen sie den Birkenwald und unter einer feierlichen Prozession wurden sie dann zu ihrem Grabhügel geleitet, wo sie sich auf die Felle legten. Svens letzten Worte waren: »Ein Grab. Mit solch wertvollen Gaben ausgestattet. Wie für einen König.«

Birghir sagte: »Das wärst du auch geworden. Nun leg dich hin und schlaf, bis die Welt neu aufersteht.«

Sven nickte, legte sich schwerfällig hin und schloss die Augen. Dann wurde das Grab verschlossen. Davor wurde ein großer Runenstein errichtet, auf dem ihre Geschichte erzählt war.

Am Abend wurde zu ihren Ehren eine Totenfeier abgehalten. Thorhall verneigte sich und sagte: »Ich bin zu spät, wie es scheint. Liegen sie in ihrem Grabhügel, den ich auf der Ebene gesehen habe, Arne?«

Er nickte ernst.

»Ja. Sie liegen gebettet wie Könige darin, Thorhall.« Er nickte zufrieden und legte seine Hand auf seine Schultern und nickte ihm zu. Arne rief laut.

»Bringt Speisen und etwas, um die Kehlen zu befeuchten. Lasst uns auf meinen Bruder Sven und seine Freunde trinken.« Auch Ahti hatte seinen Vater überzeugen können. Sie trafen mit Rentieren ein, sein Vater auf einem Wagen sitzend vor die Tore der Siedlung. Ahti führte eine Wagenkolonne an. Neben ihm saß sein Vater

Petula, der schon von Weitem winkte. Hinter ihnen waren Rentiere zu sehen. Wagen mit Korn beladen. Arne rannte ihnen entgegen und sagte: »Eure Hilfe ist wahrlich willkommen und ich sage das für alle von uns. Ich danke euch.«

Petula sprang vom Wagen klopfte Arne auf die Schulter. »Dies soll der erste Schritt zu neuer Freundschaft sein.«

Dann ging er zu dem Grabhügel. Kniete vor ihm und legte seinen Kopf auf die kalte, nackte Erde und sang ein Lied.

»Die Toten zu ehren, Arne«, sagte Ahti.

Arne nickte.

Petula erhob sich und sah ihm in die Augen und nach langem Betrachten, sagte er: »Du bist Birghirs Sohn. Ich sehe das in deinen Augen. Sie sind streng und hart, doch auch nachgiebig und versöhnlich. Unserem Abkommen steht nichts im Wege.«

Er rief den Männern zu, die danach die Tiere in die Siedlung trieben und mit den Wagen durch das Tor fuhren.

Der Winter war gesichert. In den folgenden Wochen wurden viele neue Bündnisse geschlossen und das kommende Jahr schien friedvoll zu werden. Das Volk stand hinter dem jungen Königssohn und im Frühling stand seiner Krönung nichts mehr im Weg. Alle wählten ihn geschlossen als ihren Jarl.

Ahti und sein Vater waren eine große Hilfe und trieben den Handel an. Das Land erwachte und gedieh aus der Dunkelheit zu neuem Licht und Glanz.

Was fehlte …

… war Nachricht von Thorhall. Niemand hatte ihn danach noch gesehen noch etwas von ihm gehört.

Die Wikinger-Saga von Rolf Suter

Band 1 – 978-3-96-724771-8

Ein Wikingersohn wir von Odin auserkohren, auf Erden dessen Männern beizutreten, seinen Wolfskriegern, den Berserkern.

Eric soll mit ihnen Odins Willen durchsetzen. Dafür erhält er eine Gabe, die nie ein Normalsterblicher erreichen kann. Die Wolfskrieger testen ihn und nehmen ihn in ihrer Gemeinschaft auf. Zusammen reisen sie in Odins Namen an Orte, die er noch nie gesehen hat. Er kämpft in Odins Namen gegen die christlichen Kreuzträger und für Gerechtigkeit.

Band 2 – 978-3-94-675161-8

Eric reist mit seinen neuen Gefährten in den hohen Norden seines Landes, zu den Goden und Schamanen.

In deren Heiligtum erlebt er seine Weihe zum Wolfskrieger und er muss sich in seiner ersten Schlacht um dieses Heiligtum bewähren. Danach schickt Odin seine Wolfskrieger in das Land der Gauten. Wieder treffen sie auf das Kreuz der Christen und seine verblendeten Anhänger.

Nach dieser blutigen Heldenreise führt Odin seine Männer in ein Land, das am anderen Ende des Meeres im Norden lliegt.

Nach England, zu den Pikten und Skoten …

Band 3 – 978-3-94-675162-5

Nach dem Sieg ihrer Alliance aus mehreren Clans gegen die Angelsaxen und Nordmänner bekommen Eric und seine Freunde als Belohnung einen Ort nach Erics Wahl, um sich dort anzusiedeln.

Die Wahl trifft sein gefiederter Freund Gloi; er führt sie dorthin.

Das Land liegt auf dem Gebiet von Luag, an der Küste, wo der Fluss Tweed ins Meer fließt.

Doch es kommt nicht unerwartet zu Händeln mit den Nachbarn.

Die Fackeln eines drohenden Krieges zündeln bereits.

Zusammen kämpfen sie um die Burg.

Band 4 – 978-3-94-675173-1

Mit Männern seines neuen Freundes segelt Eric zurück in seinen ehemalige Heimat, um seine Frau Hild zu holen.

Aber Hild folgt ihm nicht. Wieder zurück in seiner neuen Heimat wird Eric auf die Veränderungen seines Freundes Luag aufmerksam. Sind es nur Vorahnungen oder ist es schon Wahnsinn bei Luag?

Eric reist zu Donnan, um zu sehen, ob Luags Befürchtungen stimmen – gerade noch zur rechten Zeit.

Sie stehen Donnan bei und retten Valis Leben.

Und wieder werden sie in einen Krieg gerufen, den sie nicht wollen.

Band 5 – 978-3-946751-86-1

Donnan verspricht Aethelbald einen Flecken seiner Wahl auf seinem

Land, um darauf eine Kirche zu bauen. Er opfert dabei ungewolt den Frieden mit ihren alten Göttern – mit schwerwiegenden Folgen.

Nach dem Fall von Bebanburg bietet Eric Gudrun mitsamt allen, die sie begleiten wollen, Obdach in seiner Gemeinschaft.

Veränderuneg auch im Norden: Luag schien machtlos. Familien aus Luags Gefolge zogen, unzufrieden mit der neuen Regierung, zu Eric.

Ihr Dorf wächst und blüht. Bei einem Besuch bei seinem Freund Donnan lernt Eric den neu gewählten Groß-könig Domnall kennen, aber die

beiden finden nicht zueinander.

Auch Domnalls Nachfolger Donald erweist sich als der gleiche Fanatiker.

Wieder beginnt Krieg zwischen den Glaubensrichtungen.

Der macht auch vor Eric und seinen Leuten nicht Halt.

Als alles zerstört ist, beginnt Eric einen Rachefeldzug und hinterlässt eine Spur des Blutes.

Zeitfracht Medien GmbH
Ferdinand-Jühlke-Straße 7
99095 Erfurt, Deutschland
produktsicherheit@kolibri360.de